君比閱讀廊
成長路上系列⑨

希望的曙光

君比 著

山邊出版社有限公司

目錄 contents

序一

在這本書出版前，我接到了出版社老闆的來電，說這本書是君比在患病期間寫的遺作，讓我為她寫一篇序。我作為君比的丈夫，感覺又榮幸又傷感，心裏有很多說話，但不知從哪裏開始。寫作不是我的長處，我很少用文字表達，執起筆又不知如何寫。我想多謝出版社各人，為達成君比的心願，籌備出版她的遺作。

我認識君比的時候，她只是一位中學教師，那時候寫作只是她的興趣，她在報章發表散文、短篇小說，後來自資出版了第一本小說《覓》，還得了獎。兒子出生後，她辭退了教師一職，專心養育兒子，這也造就了她的寫作路。初期的寫作題材從校園小說開始，後來君比成為人母，每晚為兒子說牀邊故事，隨着兒子成長，她也創作起童話來，作品中還會分享教育兒子的心得。她更創作了不同的青少年成長故事，勉勵青少年積極面對人生，作品深受青少年及家長歡迎，還為君比帶來不少獎項，得到讀者和業界的肯定。然而，君比沒有驕傲，為了創新和吸納不同的讀者，君比近年也創作了科幻和偵探小説。她努力不懈地寫作，力求創新，時常筆耕至午夜。她花上一生精力，用她的心及愛，創作出過百本的作品，為讀者帶來成長的啟迪與回憶，期望她的作品能繼續得到更多讀者喜愛，讓讀者永遠不會忘記她。

君比在患病期間，仍然堅持寫作和出席講座，為的是分享她對閱讀和創作的心得，培育下一代對寫作的興趣。我每次出席都會陪着她、支持她，我實在被她的熱誠感動。直至病情進入晚期，她才停下來。那時，主診醫生問她：「你現在最想做的是什麼？」她説：「寫稿。」

君比一生對寫作的熱愛與執着，以及她坐在房間寫作的影子，永遠存在我的心裏。

君比丈夫

李文楷

序二

成長於上世紀九十年代及千禧年代的香港年青人，相信大部分也認識君比這位作家，而當中很多更讀過她的作品。自九十年代開始，君比已積極投入為青少年寫作，她的作品廣受中小學生歡迎，二〇〇七至二〇一九年期間，八度榮膺香港教育城「十本好讀」的「我最喜愛作家」。

君比的作品大部分是取材於發生在年青人身上的真實故事，描述主角如何面對命運的挑戰，勵志感人。而故事亦能反映社會現實，容易引起讀者共鳴，這亦是她的創作廣受青少年歡迎的原因。

此外，君比亦很重視跟她的讀者溝通。作為受歡迎的暢銷作家，君比個性平和謙遜，沒有架子。她很積極到訪學校，跟學生分享她的創作，並聆聽學生對她作品的意見。而在部分她所出版的圖書中，她會邀請她的讀者撰寫序言，讓讀者參與在她的創作中，可見她對讀者的珍視。每次她舉辦讀者聚會，均引來大批粉絲出席，深得讀者的支持。

君比對創作的熱愛，可謂超越了她的生命。二〇一八年上半年，她得知自己患上惡疾，我到她家裏探望她時，當時她已有點口齒不清，但她仍熱心的對我説：「我會好好的記下自己患病的經歷，日後要寫成故事。」看着她談到寫作時，她雙眼發亮，充滿生命力，早已蓋過了對病魔的恐懼。我當時只擔心她的健康，便殷切的安慰她，請她先靜心接受治療，待康復後再埋首創作。

在治療過程期間，君比仍沒有放下創作。二〇一九年七月，在我們出版社沒有預期的情況下，她交來了《漫畫少女偵探》第七集《幽靈火車》的全稿，在重病的情況下，她仍能完成三萬字的創作，實在是奇蹟，而該書亦於同年十一月出版。接着於十月，君比再交來了一個七千多字的全新短篇故事〈希望的曙光〉，而不幸地，這個故事便是她的遺作。二〇二〇年二月，她便離開了我們。

在生命盡頭時，君比仍未有放下對創作的熱愛。她撰寫了過百個鼓舞人心的故事，在我看來，她自身的生命較她任何一部作品更能鼓舞讀者，活出了一個勵志的傳奇。

新雅文化事業有限公司
董事總經理兼總編輯
尹惠玲

希望的曙光

一　從天上掉下來的女孩

我一醒來，全身的肌肉疼痛到了極點，我相信我的左右手都骨折了，而且我的骨盆和尾龍骨也已經嚴重受損，究竟發生了什麼事？難道我被人毒打，之後被送進醫院裏？

我以極之柔弱的聲線問姑娘：「姑娘！究竟……我為什麼……為什麼受傷了？我並沒有和人結怨，是什麼原因我受了這重傷呢……」

「小姐，你現在受了重傷，正在醫院的深切治療部，應該要留院一段長時間。你還是閉上眼睛，休息一下吧！」

姑娘遲遲不答我的問題。

算了，我改問另外一條問題。

「請問你們有否為我注射強力止痛劑？」

「有的，但是下次注射要待兩個小時後。你忍耐一下吧！」姑娘無奈地回道。

「究竟我為何被人送入醫院？」

我的手腳全都痛楚萬分，應該有知情權吧。

「等你家人都來了，你才親自問他們吧！」

姑娘一溜煙地走了。

我可是個醫科生，早已意識到自己的傷勢嚴重，為何護士不跟我說呢？

「思琦！」

第一個到來的竟是媽媽。

「媽媽，你怎麼會來的？」

「我是你的媽媽，當然是最關心你的一個！」媽媽說。「你口渴嗎？我特別準備了青紅蘿蔔湯給你，我記得你很喜歡的！」

「不用了！我只想知道受傷的原因。」我一向對媽媽冷淡。「既然你來到醫院，倒不如做一些有建設性的事情，例如告訴我受傷的原因吧？」

「這個，留待其他人告訴你吧！你行動不便，就讓我餵你吃飯！」

我確實很餓了，我按捺不住還是讓媽媽給我餵了幾口飯。

沒多久，我的男朋友仲希到了。

「仲希，你終於都來了！」

終於可以在男朋友身邊撒嬌了，他似乎沒有我想像般熱情，只是温柔地碰碰我受傷的手。

「是否很痛？」

「真的很痛！」

「那麼以後不要再做傻事了！」

「那麼我究竟做了什麼事？」

「沒有人告訴你？」

「沒有哦！」

「遲一些再談，我先給你餵飯吧！」

他接過我媽媽帶來的飯碗，開始給我餵飯。

他還要餵我吃飯多少次，我才完全康復？

我簡直是他的負累。

二　難以接受的真相

最後要到翌日下午，我哥哥到來探訪我，我才知道真相。

「昨天發生的事，你難道忘記了？」我哥哥問。

「我腦袋裏真的一片空白！只有阿哥你呀，你可以告訴我究竟發生了什麼事，我有權知道！」

哥哥拋開擔憂，把真相告訴我：「其實你是從醫院停車場三樓自己掉下來！幸好及時被人發現了，把你送進醫院。」

是嗎？是我自行掉落停車場？不是有人把我推下去？我完全沒有記憶為何自己會掉到停車場。

在我完全不明所以的時候，哥哥就開始向我訓話：

「妹妹，你是一個天下罕見的大傻人！有高薪厚職，令人羡慕的工作，還有疼你的男朋友，正是前途無限的時候，怎麼無端端跳樓自殺？簡直完全沒有理由！我接到警察來電，知道跳樓者是你的時候，我反反覆覆地想：沒有可能是我妹妹，她已經萬千寵愛在一身，她還欠缺什麼呢！」

夜闌人靜時，我身體每個部分被痛楚煎熬。但是，身體痛楚的程度不及我的心。

我偷偷地取了姑娘放在櫃頂的病歷紀錄，知道了真相。

我的腦部出血、右腳小腿骨折、左腳板骨折、盤骨骨折、尾龍骨骨折，令我的神經線斷裂、胸骨肋骨斷裂、心臟一度停頓，需要心外壓急救。

受傷的原因是：自殺。為什麼我要自殺呢？好端端卻搞到自己滿身傷，我到底做了什麼呢？

曚曚矓矓間，我沉睡過去，發了一個又一個的噩夢，在夢中，我見到我自己器官被一塊一塊切出來了，還攪成肉醬！

我在夢中驚醒，哭成淚人。

未來的路，我可以怎樣走下去？

三　我有抑鬱症？

「你仍未睡着？」一位陌生的姑娘路過我牀邊，見我仍未入睡，就在我牀邊停下來。「凌晨三時了，每張睡牀都傳來鼻鼾聲，你還不入睡？」

「我完全沒有睡意！」我直截了當地說。

「既然是這樣，不如我跟你談一談，好嗎？」

「好的！反正我都睡意全消了，不如跟你聊一聊。」

「好。請問你是一個學生嗎？」

「我已經是一個醫科畢業生了！」

「嘩！原來你是個醫科畢業生！」姑娘驚訝地說。

「你是否覺得我是浪費生命、作賤自己？」

「我不是醫生，但我可以猜度出你輕生的原因——你有抑鬱症。」

抑鬱症？沒可能？我怎會有抑鬱症？

我一向能控制自己情緒，不會令自己情緒失控。

「我相信你的工作壓力肯定很大，大得你完全意識不到，連家人、身邊的醫生同學都未留意到。這次你算是撿回性命，下次未必這麼好運！」

我無語了。

「你入讀什麼科目呢？」

「在兒科受訓了十五個月，之後便轉到了成人深切治療部工作。」

「你是否一個對自己要求很高的人？」

「讀醫科的人當然會對自己要求高！」我理所當然地道。

「但是沒有醫科畢業生會在完成課程之後才墮樓自殺，太不值得了！要知道不是任何人都有機會讀醫科的，而且是夠分數、讀得來！」

「但是我現在全身受傷，傷勢復原是一條漫漫長路。我不知道復原後還可不可以當一個醫生……」

「當然可以，你有醫學知識和經驗，一切一切，都不會捨你而去。如果你專心養病，努力做復康治療，最終會有康復的一天！努力！」

四　仲希的心意

「當我聽到警方的來電，我不禁質疑自己是否聽錯。你是醫生，該明白到跳樓的結果，可能會導致嚴重傷殘，甚至令你成為植物人。你一向在我面前，都是積極、好勝心強的人。警察還問我，之前你和我有否爭執，導致你不快。我思前想後，都沒有想出什麼。」仲希說。

「仲希，對不起！我一直沒有把自己的問題告訴你，我可能有潛藏的抑鬱症。那天，我完全沒有勇氣面對一切，於是我由停車場跳了下去。我以為一死，事情就了結。我這一刻真的很後悔。我一心一意自殺，卻死不去，我這一生要怎樣走下去呢？」

「你不用擔心，我會照顧你！」仲希毫不猶豫地道。

「但是，我現在的生活會很困難，我沒有可能去工作，醫藥費也是一項沉重的負擔，而且我的積蓄並不多……」我坦白說出我的困難。

「我說過我可以照顧你！你不信任我嗎？」仲希說：「你始終有一段長時間要留院，但是你要忍耐，我答應你，我每天下班後一定去醫院探望你！一日都不少！」

「但你的工作呢？你可以兼顧嗎？」

「當然可以！我是top ten fitness的教練，什麼都可以承擔，背起你這個小個子，我絕對沒問題！」

「如果我將來又再萌生自殺的念頭，你會怎樣？」

「我會出絕招！」仲希回答。

「什麼絕招？」

「我早前的準備！」

「你準備了些什麼？」

仲希馬上把手機螢幕顯示出來。

「其實我不想那麼快給你看，怕你以為我在逼迫你。但是，還是早一點給你看吧。」

「我在你出事前已經購買了。其實，我應該事先給你看一看款式，但我一看見這枚戒指便很喜歡，所以就購買了。你喜歡嗎？若果你不喜歡，我帶你去珠寶店更換你喜歡的款式。」

「不用更換了，我很喜歡！若是我康復了，我一定會馬上試戴這枚戒指！」

五　我有資格接受這隻戒指嗎？

夜闌人靜，我慣性失眠了。

我這一個折翼天使，居然都有人向我求婚！

我究竟是否值得仲希的愛呢？

我的傷這麼重，應該還要經年的時間才可以痊癒，在這段時間裏，我什麼都不能做到，家務方面倒要仲希幫忙，想想也過意不去。

倘若我真的好不了，那又怎樣啦？我和仲希都很愛小朋友，但在我受傷後，我沒可能生小朋友，仲希會有多失望呢！

我的確愛仲希，但是這份愛只會連累了他。

我該如何抉擇呢？

這個時候，我的守護天使又再出現了。

「思琦，你又這麼晚都不睡了！沒足夠休息，你怎樣可以康復呢？」姑娘說。

「姑娘，這次我真的睡不着了。你可看到牀頭櫃上那份大禮？」我說道。

「我可以打開看看嗎？」

「可以，你是第一個看到我這份禮物的人！」

「嘩！訂婚戒指？你剛剛和男朋友訂婚？恭喜你呀！」

「我不知道有否資格接受這隻戒指。」

「他向你求婚，當然是愛你的，希望和你度過餘生。」

「我可以配得上跟仲希這近乎完美的男孩子長相廝守嗎？」

「你就這麼沒有信心，連自己也低估？」

「其實我怕會連累他！」

「你不要帶着太多懼怕，放膽去愛吧！他一定已經衡量過有能力可以照顧你，才去向你求婚！」

「我這個傷殘人士也可以結婚？沒有問題嗎？真的可以接受？」

「當然可以！只要你們真心真意待對方，什麼問題也可以解決。」

六　我的家庭

在醫生努力治療下，我做了多次手術，情況穩定下來，傷勢算是好轉了，便轉到麥理浩復康院，開始接受物理治療師給我安排的簡單訓練。

最初我根本完全無法在牀上坐起來，所有轉換身體位置的動作，必須要靠人協助。日常生活、洗澡、換衣服，全部都要人幫忙。其實，我並不好受，因為這使我的尊嚴受挫折。

每次，媽媽上來看我，「循例」要領教一下我的臭脾氣。姑娘也忍不住說：

「思琦，你對媽媽可否禮貌一些？」

姑娘有所不知了。

媽媽和爸爸在我中學時期已經分開，而且負責照顧我的媽媽長時間不在家。她不是外出工作，而是到賭場消遣，徹夜不歸，每次都要一兩個星期才回來。

媽媽不在的日子，哥哥、姊姊變成照顧我的人。有時，他們不在家，我更負責做家務，成為了一個小當家。雖然全部家務都是我獨自處理，但是我的學業成績一直是優異的。我發現原來自己只要努力做對一件事情，便可以有好的成果。

我努力鞭策自己，一次又一次的創出好成績，獲得全級第三名，還有老師特別送的禮物及兩份獎學金。

哥哥和姊姊都恭喜我，希望我再接再厲。因為在家中備受讚賞，我已靜靜把自己的目標再調高一些。

最後一個學期，終於考獲全級第一名，還有學校頒發的五科獎學金。哥哥和姊姊因此當我如珠如寶。

我順利地升上大學，準備入讀許多人夢寐以求的醫科。

在我準備入讀醫科的時候，媽媽突然回來，說她希望搬回來一起住。

雖然媽媽已有好一段日子沒有回家，但這個人始終是我的媽媽，我一定會讓她回來。

她回家第一天，我便知道為何她會低調回來。

「思琦！乖女！你有沒有錢可以助媽媽應急呢？我知道你賺了好些獎學金，自己又有去補習……應該有一些錢借媽媽用吧？」媽媽笑着問，就像我們一向都有着非常良好的母女關係。

「原來你回來，就是想問我借錢？」我老實不客氣地問。

「我當然想看看你，並順便借一些錢周轉一下。阿媽希望你多給我一點幫忙，你不會見死不救吧？」媽媽的笑容開始變得拘謹。

「對不起！我的學費昂貴，我把所有做兼職賺的錢都用來繳交學費了，沒多餘錢給你。不如你向阿哥和家姊問問吧！」我故意用最冰冷的語氣來面對她。

後來，我知道媽媽的一筆債務，由姊姊和哥哥負責背上。

姊姊只說我讀書聰明，是最值得培育的人，絕對不能浪費。

說起我哥哥和姊姊對我的鼓勵，某個程度上其實給了我無形的壓力。我說對深切治療很感興趣，他們不停問我這一科成績是否較有出路，人工會否較高……我已入了醫學院，為何他們仍不知足呢？我要做些什麼才能真正滿足到他們的慾望？

有一天，我感到壓力已經令我承受不了，沒法子撐下去了，結果我就由停車場跳了下去。

七　她始終是我的親生媽媽

「可知道媽媽今日帶了什麼餸菜給你？」媽媽又嘗試哄我開心。「是鹹蛋蒸豬肉！」

「媽媽，鹹蛋是高膽固醇的食物，我不宜吃，你自己也該少吃。」

媽媽彷如一個剛剛被人責備的小朋友，呆了一呆。

「那麼我只給你吃飯、菜、加少少蒸豬肉，不要鹹蛋黃，好嗎？」

「隨便你吧！」

剛吃到一半，窗外便下起雨來。

這種陰霾的氣氛更令我的情緒消沉。又一次，令我萌生起自殺的念頭。

「我不想吃了！」

「再多吃一點，你的身體會快些好！你不想快點康復嗎？」

「算了！」我負氣地道：「不要花時間在我身上了，我根本沒有機會康復，就算可以康復，起碼要十年八載，我真不知道仲希有耐性等我嗎？」

「你已收了人家的訂婚戒指，這是一個承諾，你發脾氣地說不要結婚，是不負責任的行為，你會令仲希非常失望呢！」

「治療了這麼久，進度幾乎沒有，恐怕我沒有好轉的希望。你不應該放太多心機在我身上！」

「我是你媽媽，我有責任照顧你。我以前算不上是一個稱職的媽媽，但是現在的我，有多些時間陪伴你，可以對你作一些補償，不是更好嗎？」

媽媽再一次，對我苦笑。這個始終是我親生媽媽，我不忍心推卻她的好意。

「媽媽，我還想吃一些飯，麻煩你了！」我終於接受她的好意。

* * *

同房的兩名病人已經出院，這個晚上我又獨自躺在牀上。「思琦，你好，我們好久沒見啦！你掛念我嗎？」姑娘突然無聲無息的就在我身邊出現。

「掛念哦！怎麼你一直沒有出現呢？你不是負責我這個病房的嗎？」看見她，我突然變得的非常雀躍，雖然我只見過她三次而已。

「我其實只是負責照顧特別有需要的病人。」姑娘說道。「你看來面色好轉了，是否家人照顧得非常好呢？」

「大家母女一場，還要相處一世，難道要待她如仇人一般？」

「你想通就好啦！有仇恨在自己心裏，大家也痛苦。」

「我也同意。」

「你終於想通了！太好了！那麼我便可以安心離去。」

「姑娘你這話是什麼意思呢？你要轉往另一所醫院嗎？」

「差不多！」

「我不明白你的意思，可否再說一次？」

「好的，其實，今晚是我在醫院的最後一天。從明天開始，你不會再見到我的了。」姑娘說。

「你轉往哪所醫院呢？將來我康復後，可以去探你嗎？」我不捨地問。

「你沒有可能探我的。」姑娘道。「總之你努力做復康運動，服用營養食物，很快便會回復健康了。」

「不能探望你呢……我不捨得你……真的不捨得你！」

「其實，你在成長路上，一定會遇上一些真摯的朋友和陪伴你成長的人。我，只是其中一個而已。你不用為離別而過分難過。」

八　姑娘的真正身分是？

今天，仲希比平日的晚飯時間，遲了一點來。

「不好意思，我來遲了！你媽媽今天也沒空來嗎？」

「她沒有來電，或許她再一次沉迷賭場吧。」我苦笑說道。「她已經沉迷了多年，要戒除這癖好很難。我其實非常諒解她。」

「對！凡事不可執着，不可記仇，否則你永遠都不會開心！」

仲希到廚房替我清潔食具時，遺留了手機在我牀邊。

碰巧他的手機在這個時候響起來，我順手接過電話，那一端傳來媽媽的聲音。

「是你？」對待她，我還是一貫的冷淡。

「思琦，對不起，我今天來不了。」

她又要過大海了，對不對？哥哥和姊姊仍然要幫忙還清媽媽的賭債，她卻依然未能戒賭？

我真不能接受！

「思琦，我是因為扭傷了腳，所以來不了，真的不好意思。」

「是嗎？那麼你好好休息一下吧！」

我還是對媽媽的話半信半疑。

晚飯後，仲希離開醫院了。

四周又再回復孤寂。

* * *

隔了好一會兒，思琦覺得有尿急，而且越忍耐越辛苦。一向不愛麻煩別人的思琦，今次一定要開口了。

幸好有個姑娘趕來協助。

「不好意思要你……料理我的……小便！」

「不用客氣！這是我的分內事。」

思琦好奇問到：「之前一個月，偶爾我會看見一個面色蒼白、略胖的姑娘，她常常會在我牀邊聆聽我的傾訴，但可惜，我常常忘記問她的姓名，請問你認識她嗎？」

「你是指負責這層樓的姑娘？」

「應該是了。」

「面色蒼白、身形略胖的姑娘？」

「是的！我記得她每次經過我的身邊，都會傳出一陣茉莉花的幽香，好像仙女降臨世上一樣。」

「有茉莉花香味的姑娘？」

「是的！」

姑娘遲疑了一會，才回答說：「其實，思琦，我相信你看到的並非是人。」

不是人？是什麼？鬼魂？

「她真的……是鬼魂？」思琦倒抽一口涼氣，問道。

「是的，其實她是以前負責樓下病房的一個姑娘，叫曹姑娘。」

九　姑娘的憶述

這位姑娘說，她和曹姑娘一起受訓了大半年，成為了一對投契的好夥伴。可惜，有一天曹姑娘跟她說道：「對不起！我要離開你一段時間了。」

「你要去外地進修？」

「不，我也希望這一天會來臨！」

「你這是什麼意思呢？」

「我生病了。」

「是什麼病呢？」

「你不用擔心，這個病可以醫治的。」

的確，曹姑娘有些病友康復了，但她卻沒有。

*　　*　　*

「曹姑娘患了什麼病？」思琦問。

「血癌。」

思琦作為醫生，當然明白，血癌是嚴重的致命疾病。如果患者未能及時找到合適的骨髓移植，便有生命危險。

「曹姑娘就是因為未能找到合適的骨髓而病逝了。在曹姑娘的喪禮上，他的爸媽哭喊得肝腸寸斷。有大志、心地好的人，為何會如此短命呢？」姑娘傷感地問。

這條問題誰人能夠回答呢？

十　與安安相遇

「思琦，你真的做得非常好！像你有這樣嚴重傷勢的人也可以不出兩年，便能用雙腳站起來，實在很厲害呢！」物理治療師Anna說。

「因為我在住院期間，得到一眾物理治療師悉心照料，尤其是Anna你，差不多每天都來安排我的訓練，所以我的進步很大。」思琦回道。

「感謝你！不過，我覺得大部分是你自己的功勞！」

「你可否替我拍一張照片，讓我家人看到我的近況？」

「當然可以！」

思琦擺出小女孩的V字手勢，讓Anna為她拍照。

今天思琦興之所至，邀請Anna一起到飯堂共聚午餐。

「你先去找個好位置，我回辦公室稍為執拾，便會到飯堂找你。」Anna說道。

在電梯大堂裏，除了思琦，還有一個女孩坐在輪椅上，等待電梯。思琦充滿善意地對那個女孩說道：「來吧！我和你一起走！一定可以把輪椅推進去！」

終於憑着毅力，我成功運用左手和對方的右手，將兩部輪椅都推進電梯裏。

「你很厲害呢！我叫安安，你叫什麼名字呢？」對方問她。

「我叫思琦！」

* * *

Anna來到了，看見她倆已經坐在一起，驚訝地問道：「你們一早已認識嗎？」

3

原來安安也是她的病人。

「不！我們是有緣才能認識的！」安安說道。

「我們剛剛在電梯前認識的，真的算是『有緣千里能相會』呢。」思琦笑着回答道。

第一次和安安共聚，兩個病人當然要交換大家的病歷。

安安是有腦血管病的人，她的腦動脈會不正常地自然收窄，甚至有出現中風的情形，在最差的情況下，她甚至一句話都不能說。

「但你現在說話非常流利哦！」思琦讚賞說。「病發後，有段日子你說話並不流利，究竟你是如何練習說話的？」

「我當自己從未說過廣東話一樣，努力去學，由講最簡單的『爸爸媽媽』開始，有恒心一定做到。」

吃到中途，思琦便按捺不住，問：「希望你不要介意我問，我想知道，你在什麼時候病發？」

「我的病算是罕見的病，叫腦動靜脈血管畸形，屬於一種先天性疾病。大概在我十八歲時開始，我瞬間失明，然後又回復短暫視力，我像個小孩子一般走路不穩，說話不清楚，口角微歪及癲癇等等……還有、失語、失禁、失憶、情緒失控……那年我還要面對大學入學試，我在那個狀態下該如何面對呢？我是唯一一次不知如何面對困境！因為爸媽長期不在家，我要獨自照顧自己，到了病情真的完全失控的時候，我才致電爸爸媽媽，請他們回家，帶我去醫院。」

「醫生替我仔細檢查後，說過我這種疾病是在胚胎期間製造腦內血管時發生意外，一對或者多對腦內動脈及相應的靜脈，缺少了微絲血管的連繫。」安安問道：「其實，第一次見面，我便要你聽我講我的病，是否很悶？」

「當然不會悶！我是讀醫科的，我也很想認識一下不同的病。你現在的病情是否控制到呢？」思琦問道。

「我的病太複雜難解，我失去視力沒多久，接着便有癲癇及失憶症狀，最麻煩是失語症。身邊沒有人明白我想表達的意思，因為，我只會重複他人的說話。在病發前，我原本是一個口齒伶俐的人，幾乎在每年的中英文朗誦比賽穩奪冠軍，但是後來我只可以說一些沒有意思的說話。其實，當三位醫生都覺得我很難醫治，我真的有一刻，有想過放棄醫治，甚至想過放棄生命！幸運地，我遇上一位姑娘對我特別好，好幾晚，就在我牀邊跟我聊天！」

「你所指的是否那位白白胖胖，臉上有兩個小酒窩的姑娘？」思琦問。

「是！就是那位姑娘，我真糊塗，連她的名字也不知道！」

「其實我也不清楚她的名字！只知道她姓曹，因為她是個沒有名字的人。」

「這是什麼意思呢？」

「我告訴你，不知道你會否驚慌……」

「驚慌？難道？這位姑娘不是人，而是鬼怪？」

「對！她是一個有史以來最熱心善良的鬼魂！」

「我不會害怕，反而很想感謝她一直以來的鼓勵！」

十一　尾聲

思琦和安安在醫院的小花園會面。

「思琦，準備好送信件沒有？」

「準備好啦！六個氫氣球足夠了吧？」

「應該足夠了！」

「你要小心地把繩索繫上，不要讓信件掉下來，否則曹姑娘永遠不會收到我們的信。」

我們把繩索繫好了後，便準備把氫氣球放上天空去。

「你認為曹姑娘會收到我們的信嗎？」安安問道。

「不知道！今次還是我第一次寄信到天家，希望可以成功寄到目的地，否則我們遲一些去台灣放孔明燈，再次向她表達謝意！」

「嘩！」思琦回答道：「我從來沒去過外地，澳門也未去過呢！」

「我也跟你一樣！我覺得我們始終會有康復的一日，待哪天重拾健康，我們才一起去旅行囉！」

「好！現在，先等我們把氫氣球放出！」

「一、二、三！」兩人雙手合十，為她們的願望，誠心祈求。

小爸爸、小媽媽

一　我要儲錢

「我有咗……」

「吓！？」我一驚，瞪眼望望眼前這名女顧客。

「我有咗炸薯角了，我的餐欠的是兩隻蜜糖雞翼。你剛才說十分鐘左右便有，現在又給我炸薯角做什麼？」女顧客不耐煩地道。

「蜜糖雞翼有了！要你久等，真的不好意思！」經理把一碟兩隻雞翼送過來。

「對不起！我會小心的了！」我低着頭跟經理道。

在倒汽水的時候，我的同學兼同事蛇仔湊過來輕聲問：「你整天神不守舍的，昨晚又在Marie家過夜嗎？」

我專注工作，沒有答腔。

「你要打醒十二分精神！若再『衰多鑊』，恐怕連工作也保不住！」他好意提醒我。

我一直沒有跟他說過半句話，直至下班，我和他一起走到車站。

「剛才，經理問我，年三十晚和初一、二會否上班。哈！我當然不會啦！跟阿媽回鄉下逗利是更好賺啊！」蛇仔穿上新購置的薄羽絨，笑笑跟我道：「兩天的人工，剛好夠買這件新羽絨，又輕又暖又型，四百六十九元而已！你也買一件吧！」

「我不是你，做part-time只為買衫買錶買iPhone！」我啐道。

「啤——不見得你要搵錢養家喎！你幾個阿哥家姊全都工作了，你阿爸還未退休。喂，你的薪水不是全進貢給Marie吧？」蛇仔試探似地問道。

「總之我要儲錢。」我低沉地回他一句。

「儲錢幹什麼呀？準備娶老婆嗎？」蛇仔嘻嘻笑地問。

空曠的車站，寒風刺骨，我反起破舊的外套衣領，包裹着頸項，雙手插袋，還是冷得牙關打顫。

「喂，下星期六晚，我家姊十八歲生日，在我家天台開party，酒水無限量供應。我們下班後一起去吧！你可以叫Marie來餐廳等，我們一道去。」蛇仔興高采烈地說。

「不了，Marie不再出夜街，也不會喝酒了。」我低着頭回道。

「吓？Marie不喝酒？哪有可能？我不信！是否因為她早前晚晚出街，令她阿媽光火，頒禁制令，不讓她再做『夜街女神』？」蛇仔不可置信地問。

「不。是她不可以再喝酒。」我緊緊揑着插在衣袋裏的雙手。

「她幹什麼了？生病嗎？肝有問題？」蛇仔瞎猜道。

「她有咗啊！」

二　為即將當爸爸而發愁

「我替你盛碗湯吧！」

每次我做兼職下班回到家，總是會聽到這句話。

我對喝湯的興趣不大，但因為煲湯是媽媽最大的興趣，所以，為了令她高興，我還是會喝掉她炮製的湯。

「文亮，你的學校是否二十一號開始放假？」媽媽在我喝湯的時候問道。

「是呀。我打算做兼職。」我把湯一飲而盡，並開始吃湯渣。

「鄉間的三姨新屋入伙，請我們過年去小住。你爸爸沒有假期，你阿哥家姊又說計劃好去台灣自由行，我……想你陪我一起去。」媽媽微笑着，央求似地道。

「不過，我……早已答應了經理，假期天天都上班。」我硬起心腸，拒絕了她。

「文亮，」媽媽收斂起笑容，換了一副疑問的表情。「你怎麼這樣拚命做兼職？明年你便考那文憑試了，入大學的，你不是該花多點時間讀書嘛？」

「我沒可能讀大學的了！可以讀完中六，已是極限。阿媽，你命中注定不會有仔女入到大學的了。死心吧！」我苦笑道。

「唉！四個仔女都不是大學生，這也罷。我怕將來連一個孫子也沒有。你大家姊結婚差不多四年了，還像個大孩子，每份工作都做不長。我說，不如生個孩子，專心『湊仔』好了。哈，她居然說，從沒有打算生孩子。怕煩，又不懂教。哈，有我在，怎會不懂教？你二家姊和阿哥又齊齊說他們將來也不會生孩子，怕養不起，他們說或者連婚也不會結。真氣煞我了……」媽媽不禁慨嘆道。

我低頭嚼着那淡而無味的淮山，心裏直嚷：「媽！你想要一個孫子的話，我就快可以給你一個！你會想替我『湊仔』嗎……」

「呀！剛才，Marie來過找你！」媽媽突然道。

「她來過！」我抬起頭來。「她什麼時候來的？」

「在我吃晚飯時，約莫七時半左右吧。她說留了短訊給你，你沒有回覆，着你回來後去找她，她在家等你——」

我沒等媽媽說完，旋即衝出家門。

Marie就住在我樓下的單位。

她是我的同學、鄰居兼女朋友。

我們不算青梅竹馬，但經常在屋邨電梯、車站、港鐵站碰見，大家都知道對方的存在。

後來，我讀的中學遭殺校，我便轉校。我們很有緣地做了同班同學。中四開始拍拖，直至現在中五。

我們有無數的共通點：大家都來自基層家庭、住屋邨，兩人都不是讀書材料，成績一般，最愛「夜蒲」，但不會生事或碰毒品。

我倆感情穩定，從沒有遭遇什麼挫折，直至兩個星期前，Marie突然告訴我：「我經期停了超過兩個月。我擔心……我有咗！」

我心想：沒有那麼巧合吧！但我還是馬上從藥房買來兩支驗孕棒給Marie，結果都是：陽性！

為了進一步確定，翌日我拿着七百元積蓄，帶她到婦科診所驗孕。

不應該發生的事，竟然發生了。

從診症室出來，Marie紅着雙眼，遞給我一張相片，是醫生替胎兒照超聲波掃描的相片。

我不懂看，問Marie，她指指相片中間的一粒「花生米」，幽幽地道：「這個就是你的孩子。醫生說，胎兒已有十一周，生長正常。她……還說，我只有十七歲，她叫我跟家人商量……儘快……作決定！」

我當下呆了。

昨天，我還為下星期的中文短講而發愁。今天，我則為即將當爸爸而擔憂。我的孩子在Marie肚裏已差不多三個月大，計算一下，到他出世的時候，該是暑假剛開始。

我和Marie，十七歲，只是兩個中五學生。在中五這年的暑假，我們的孩子將會誕生。

三　兩個都緊張

「Marie！Marie！」

我在她的家門外拍門，等了良久，她才應門。

「進來吧！」Marie頭髮蓬鬆，臉部浮腫的，完全不似平日的她。

「你媽不在嗎？」

每次走進她的家之前，我都會問這一句。來自單親家庭的Marie，媽媽半年前在深圳交了一個男朋友，一星期有好幾天，她都在男朋友處。

就是因為有這個「方便」，我間中會在她家逗留至深夜。

我們的親密關係，就是由那時開始。

「我媽昨天一早已上了深圳，下星期一才回來。」

換了是平日，聽到這句話，即表示我和Marie可以「安心」地纏綿幾個小時。

可今天，我們都沒有這個心情，而且，我們還要承受之前多次放縱的後果。

Marie狀甚疲倦，「啪」的把自己擲到單人沙發上。

「喂！你現在懷有身孕，動作不要這麼大，好不好？」我給她嚇了一跳，趕忙坐到她身邊勸她。

Marie緩緩轉過頭來，怒視着我道：「怎麼了？你現在緊張我肚裏的那個多過緊張我啦，是嗎？」

「當然不！我兩個都緊張！」我急急辯解道。「孩子已三個月大了，你凡事要小心，以免不經意弄傷他，甚至小產！」

「吓?!你打算要這孩子嗎？」Marie圓瞪着眼睛，質問似地道。

「我……」我含着一口唾液，含糊地道：「有孩子……不好嗎？我喜歡孩子，我……爸媽也喜歡，孩子……又是很無辜的，不要，很不應該……不是嗎……我這陣子已十分努力做 part-time，努力儲錢，連二手 iPhone 都捨不得買，就是為了多留些錢給你和孩子……將來用。我……會負責的！」

「努力儲錢？哈哈！就憑你星期六、日去賣炸雞，一個月最多掙千多元，夠買奶粉，就不夠買尿片。況且，生了出來，誰去教呀？我和你，誰懂教孩子呀？我阿媽還未知道我有了孩子，若果她知道了，她一定會帶我去『落仔』。

「她常常說，畢生最後悔的一件事，就是十八歲有了我之後，沒有把我打掉，白白『浪費』了她的青春。

「我很肯定，她不想三十六歲就當婆婆。她能夠把我帶大，已是個奇蹟。她絕對不會替我『湊仔』！我媽只望我快點畢業、工作，給她家用、供養她，好讓她有自己的人生。」Marie一疊聲地道。

「好！」我大力地點了點頭，說：「我們就輟學、結婚，你搬進來我家吧！」

Marie板着臉，沒好氣地道：「你說話不經大腦！我早說過，我阿媽絕對不會讓我生孩子的，除非……除非我跟她斷絕關係。不過，她養了我十多年，看來不會輕易讓我走！」

我低下頭，心裏一片混亂。

做了十七年人，還是頭一趟感受到前路茫茫。

「若果……你真的不想要這孩子，那……我也不勉強你。始終，懷孕的是你，感到累、不舒服的是你。那麼，我們就……不要他吧。你有沒有朋友……試過墮胎？知不知道該去哪兒做？收費多少？」我無可奈何，只好選擇這極不想走的一條路。

「XYZ！@＃……」

Marie的反應是我意料之外的。

她爆了一輪粗話（這是她第一次在我面前說粗話），然後狠狠地道：

「你真是！@＃冷血！你知不知道自己在說什麼呀？那不是一棵草或一條狗！那是我肚裏的一個人，是一條生命呀！你以為胡亂花筆錢，把他毀滅掉，就可以當什麼事都沒有發生過嗎？太過分了！

「我的朋友，你全都認識。阿花、DaDa、Jenny，全都是正經女孩子，怎會好端端去墮胎？你要我問她們?!這對她們來說，簡直是侮辱！你一定是發了神經……真是冷血動物!!!」

Marie猛地站起來，憤憤地「教訓」我。

「對不起！對不起！是我錯了！你用不着這麼激動！」我大驚，生怕Marie情緒大起大落，會動了胎氣。雖然我連什麼是胎氣也不知道，而且，胎兒會否保留，還是個未知數。

「你實在太討人厭了！說的話討人厭，整個人都討人厭……」Marie繼續她的謾罵。

「夠了！明白了！是我說話惹怒了你，是我不對。總而言之，一切就照你的意思去做好了。你作什麼決定，我都支持。這樣，你滿意了吧？」我什麼都不敢想了，就只想Marie快點合上嘴，平靜下來。

「哼！」Marie白我一眼，坐下來了。「支持我的決定？說得真動聽！那跟推卸責任有何分別？算了吧！你回家去！快去！走呀！我不想見到你！」

我聽命的離開了她的家，並自行替她關上門。

這個，再不是我認識的Marie。

我那俏麗甜美的女朋友，如今變了一個蠻不講理、極度情緒化的小惡魔。

就是因為懷了孕？

是我的錯吧。是我的衝動，導致今天這個局面。

四　願意承擔後果

下了公車，我往學校的方向走。

蛇仔從後衝了上來。

「咦？平日你不是跟Marie拍拖上學嗎？」他問道。

「她今早起牀嘔吐大作，說不上學了。」今早，我如常到她家，準備一起上學。Marie隔着門說她很辛苦，不想上學。「她還叫我代她請假，因為她媽媽不在香港。」我回道，望也不望他。

「你又不是她阿爸，怎可以替她請假？」蛇仔問。

「扮她阿爸，不就可以了嗎？」

我有點不耐煩。蛇仔有時比白癡更要白癡。

「Marie怎麼了？是因為大肚而作嘔嗎？」蛇仔以他高八度的音量，問了一條白癡問題。

「喂！你瘋了嗎？那麼大聲！周圍都有老師和同學。」我緊張起來，四處張望，幸而附近的人似乎沒有聽到什麼。

「但，Marie的肚會愈來愈大，人家遲早會知道。」蛇仔自覺地降低聲量。「你們打算怎樣？墮胎嗎？」

「我們還未決定。」我叮囑他：「你千萬不要告訴任何人！」

「我當然不會！」蛇仔把手放到唇邊，做了一個拉拉鏈的手勢。「不過，這些事不能隱瞞太久。我就算不說，秘密總會被揭穿！」

* * *

「張文亮同學，請你立刻出來，跟我到訓導處一趟。訓導主任要見你。」

站在課室門前的校務處職員，以幾句響亮的話，把我從課堂召了出去。我心裏一驚，但還是竭力保持鎮定。

難道校方已經知悉Marie懷孕的事？沒可能的，絕對沒可能！準是為別的事而要見我。

入讀此校年多，從沒踏足訓導處，更沒有跟訓導主任如此「親近」。

「你是5E的張文亮，對嗎？」昂藏六呎的訓導主任丁Sir板着臉問道。

「是。」我怯怯的道。

「5E班的同學曹美美今天缺席，你知道原因嗎？」他冷冷的瞅了我一眼，猶如警探審問疑犯般嚴厲、冷漠。

「我……不知道！」我渾身震了一震。

真的是因為Marie的事呢！

「你真的不知道？」丁Sir的目光比錐子還要銳利。

我已說了謊，只好繼續說下去。

「不知道。」我堅持道。

「沒可能啊！是你致電校務處，替她請假的。是兩個小時前的事而已，你那麼快便忘掉？失憶嗎？」丁Sir吼道，聲音震痛我的耳膜。

他……怎會知道呢？

我無言以對。

「你扮曹美美的爸爸，致電來說她生病了。校務處職員一聽便覺得你是在扮大人，遂記下了來電顯示的手機號碼。

「我們翻查紀錄，知道那是你的手機，而曹美美，根本沒有爸爸。」

哎！真大意！我竟然忘了要隱藏號碼。

今趟，我完了。

「張文亮，你有何解釋呀？」丁Sir交疊雙手，問道。

解釋？我可以怎樣解釋呢？

「我……和曹美美，習慣每天早上一起上學。但今天早上，她很不舒服，而……而她家中根本沒有人在……她媽媽北上了，留下她獨自一人……所以，我便大膽替她致電請假，好讓她繼續休息。

「對不起，丁Sir！這是我提議的，曹美美實在太累，太不舒服了，而且……學校規定……不能自行致電請假，我才會出此下策。對不起，我實在太任意妄為了。我——願意承擔後果！」

五　秘密被揭發了？

小息時，我垂頭喪氣地返回課室。

「喂，訓導找你幹什麼？」蛇仔見到我，把我拉到走廊一角問。

「就是為了我替Marie請假一事。」我悄悄地回道：「他們居然發現我冒認她爸爸致電學校！哈！他們真的有偵探頭腦！」

「他們發現了?!」蛇仔又按捺不住，以高八度的聲線道。「Marie有咗，他們都知道了？」

「麻煩你控制一下你的聲量吧！」我急道：「他們還未知道，因為我剛才說話夠謹慎。我只是承認我和Marie拍拖，今早見她很不舒服，想她多休息，才自動請纓替她請假。可能是我一向紀錄良好，所以丁Sir完全相信我，沒有懷疑些什麼。他說待訓導組開會後才決定我的處分。」

「你今次算是走運！」蛇仔笑道。

是真的走運？並不呢。

下課後踏出校門，我馬上開了手機，正要致電Marie問候，卻收到她傳來的一則短訊。

「我今次給你連累死了!!!」

連累死？難道校方已經揭發了我們的秘密？

我馬上致電Marie，她在電話那端大發脾氣。

「張文亮，你真的笨得要命！明知道我就只得阿媽，你竟然斗膽扮我阿爸！怎麼你不扮我的舅父或阿公呢？學校又真的神通廣大得離奇！連我也找不到的阿媽，竟然給他們聯絡上！我阿媽剛才call我，說今晚會回來，明天一早會在上班前帶我去看醫生，因為校方要求我出示醫生信，否則當我曠課。你說，我怎麼辦才好？我今次真的給你連累死了！」

我飛快地想了想，道：「不會有問題的！你去見醫生時，就說自己頭暈頭痛好了，醫生只會作簡單檢查，沒可能會發現你懷孕的。」

Marie連連嘆氣，道：「我媽帶我去看的，是個中醫。我怕他一替我把脈，便什麼都知道了！到時，我媽一定會瘋了似地大罵我。我死定了！」

「我現在立刻來你處，我們商量對策吧！」我心裏亂作一片，不知道該如何回應。

「你不要來呀！我媽忽發慈心，叫了姨婆來看顧我。她該快到了。你還是不要來了。算啦！你根本沒可能幫到我，我沒話跟你說了。」

Marie霍地掛了線。

我停住了腳步，直至汽車喇叭聲瘋狂地響起來，我才驚覺自己正站在路中心，停在我左面的私家車司機從車窗鑽出頭來，向我拋出連串粗言穢語。

我腳步浮浮地走到馬路的另一端，再茫然的在街上直線地走。

漸漸地，我開始明白Marie知悉懷孕後情緒的起伏無常。

我們兩人的片刻歡愉，「導致」一條小生命在她體內孕育。

這個流着我們的血，有着我們基因的孩子藏在她身上，日漸成長，一切一切，都由她去承擔。

我在她的身邊乾着急，兩、三個星期過去，都拿不定主意，如同廢人。

六　一起面對

「你好！有什麼可以幫忙？」坐在櫃枱的年輕女職員抬頭問我。

我遲疑了片刻，才道：「我……想問……這兒是不是有……意外懷孕的輔導……」

我突然想起，自己仍然身穿校服，若跟家計會的輔導員談及我和Marie的事，他們會否直接告知校方呢？

「你是否想參加意外懷孕輔導服務？」職員問道。

「我還是……」膽怯的我，想臨陣退縮。

「請問你是怎樣得知我們的服務？」她改問。

「我在網上搜尋關於意外懷孕的資料，就找到你們的資訊。」我如實地答。

「明白了。你是想求助的，對嗎？」女職員藹聲地道：「你來對了地方。我們有意外懷孕輔導服務。你可以先了解才下決定。未經你同意，我們絕不會向第三者透露任何面談的資料，你大可以放心。」

對方好像看透我心裏的憂慮。既然來到了，不如就留下來，聽聽專業人士的意見。反正，我已「走投無路」。

胎兒，我有責任。就算Marie覺得我無能，我還是要跟她一起面對。

「咦？Miss Cheung，為何點名簿裏曹美美的名字被刪去了？」班長急忙拿着點名簿走到班主任面前查問。

「啊，我正要告訴你們，曹曹休學了。」Miss Cheung不慌不忙地道。

「休學?!」

全班開始竊竊私話。大家都知道我和Marie正在交往中，遂不約而同地轉過頭來，以眼神向我探問。

「她為何要休學呢？」班長代大家向Miss Cheung問道。

「曹美美……她因私人理由休學，並非退學。」Miss Cheung這樣回應，但大家最想知道的休學原因，她卻避而不談。

「她是生病了嗎？」有人問道。

「我不大方便公開人家的休學原因。請不要再追問。」Miss Cheung笑笑道。

「那麼，她什麼時候會回來？」班長又問。

「適當時候。」

答了等於沒有答。

「張文亮，不如由你來告訴大家，曹美美休學的原因啦！」

我垂下頭，凝視手中的一枝筆，道：「對不起，無可奉告！」

「無可奉告？你倆不是天天都待在一起嗎？我不相信她從沒向你提過會休學……」

大家爭相向我追問，我咬着牙，不發一言。

「夠了夠了！若然你們真的關心曹美美，就給她多點空間，不要給她太多滋擾、發個短訊問候一下她就可以了。張文亮是她的好朋友，但並非經理人或代言人，他不想代她說太多，大家也該尊重他，不要連番追問。」Miss Cheung 挺身而出，替我解圍。

小息時，我以子彈發射的速度逃離課室，走到我最近經常流連的一個僻靜地方——教員室後的小園圃。

這個平日只有學校園丁會到的地方，是我的小天地。

自從知道Marie懷孕以來，每次與她因小事爭吵，感覺得心煩意亂，我便會躲到這兒。面對着一棵棵蔥綠的，不知名的植物，或朵朵淡笑着的花兒，我會感到心境一片謐靜。

「原來你來了這兒！」

在我定神細看一盆初開的杜鵑花時，蛇仔的聲音忽然在我背後響起。

「他們指使你來向我打聽Marie的消息嗎？」我盯着蛇仔，問道。

「Marie的消息？不用打聽了，我猜也猜得到。」他笑了笑，回道：「我來看你怎樣了。」

「我沒有大肚。大肚的是我的女朋友。」我的視線回到面前的杜鵑花。

「Marie決定了把孩子生下來，對嗎？」蛇仔問我。

「這是我們兩人接受過輔導面談後，審慎地作的決定。」我更正道。

「你們的家人……全都同意嗎？」蛇仔問。

我回想起當日，家計會輔導員甘小姐陪伴着我和Marie，分別跟我們的家人坦白道出懷孕一事。

Marie媽媽反應激烈，已是意料之內，幸有甘小姐幫忙安撫，Marie才不致於成為世上第一個被媽媽虐殺的未婚媽媽。至於我的爸媽，卻沒有我想像中的震驚。我媽媽甚至這樣說：「我最近幾次見Marie，她都臉色蒼白，腳步緩慢，又不像平日般開朗，笑容滿臉，甚至跟我打招呼都沒精打采。阿亮你呢，總是心事重重，不苟言笑，這個月還拚命做part-time，一星期做足五天。我已經覺得，是有事發生了。但就是不敢問，要等你主動告訴我。

「既然米已成炊，我罵你都無補於事，我只希望你知道，生命得來不易，我不希望你倆會胡亂摧毀小生命。

「不過，你們才是孩子的爸媽，決定權在你們手上。如果你們要生下孩子，我和爸爸一定會幫忙負起照顧的責任，亦會在經濟上支持你們。

「倘若你們堅持不要孩子，我們……還是會體諒的。你們好好想一想吧。」

「Marie媽媽最初反對我們要孩子，認為我們這樣會毀掉一生，幸好，我爸媽最後說服了她。」我回答蛇仔。

「Marie昨天已由我爸媽陪同，去了母親的抉擇宿舍暫住。Marie媽媽前天已到學校來跟校長面談，校長同意讓Marie休學，直至她誕下孩子，準備好回校便安排她復課。我也料不到校長會這麼開通。」

「Miss Cheung呢？她也知道一切吧！」蛇仔問。

「她當然知道。前天，她還帶了些小禮物去Marie和我家家訪，着我們不用擔心事件會被張揚。」

平日對老師沒有什麼好感的我，要到有事發生了，才知道，原來老師並非只是個教書匠。老師也可以是一個人生導師。

「Marie休學生孩子，你呢？你會怎樣？」蛇仔問道。

「我當然會繼續讀書。爸爸說，雖然他知道我並非讀書材料，但他認為我至少要完成中學課程，將來若想繼續進修都較容易。到我的孩子出世了，開支大了，他不介意延遲退休來幫補。他知道了我現在轉了去茶餐廳做兼職，一星期工作五天，他寧願我減工時，花多點時間在學業上，明年盡量考好文憑試。

「Miss Cheung那天也是這樣說。幾個月後，我便是個爸爸了。除了要做個有責任感、愛家的人，還要替孩子樹立良好榜樣，就是做什麼事都要投入、盡力。」

蛇仔呆了半晌，讚歎道：「嘩！阿亮，沒跟你傾談一陣子，你整個人都很不同了。你放心吧！就算給同學嚴刑逼供，我也不會向任何人透露你和Marie的事。

「其實，孩子還有數個月就出世，大家遲早會知道。不過，待我真正準備好之後，才告訴他們吧。」我淡淡地道。

蛇仔拍拍我的肩膀，笑道：「小息快完結，我們要返回課室了。走吧，future dad！」

故事源起

年輕男女未婚懷孕，可能在面對巨大壓力下作出不明智決定，例如非法墮胎、棄嬰，甚至使嬰兒死亡。家計會轄下的青少年保健中心試行了「男性面對女伴未婚懷孕支援計劃」，為二十六歲以下的未婚男性提供免費情緒疏導及支援服務，協助他們與女友為未婚懷孕作出抉擇。

《晴報》二〇一一年十二月十六日新聞版

我的死亡日記

一　我自由了

「嘭」的一聲巨響，接着是幾聲女同學的尖叫夾雜哭喊，然後是爭相走避。人羣四散後，操場一角灰白的地上躺了一個人，大灘血徐徐自他身上流出。

「救……救命呀！快報……」就立在這血泊旁的Miss Leung，話未說完，便暈倒了。

我站起來，轉頭望望這臥在血中，四肢扭曲的人。

「再見了！」我跟「他」道。

這個依然是暖和的軀體，心臟已不再跳動，呼吸亦已經停止。「他」該稱為「它」——跟我已再沒有關係。

沒有了軀體的束縛，我——自由了。

二 我沒有問題

我——永龍，生於一九九五年，卒於二零一一年。

我在生時，有個比我小三年的妹妹，和一對疼愛我們的父母。

雖然物質生活不算豐盛，但愛和關懷卻不缺。

我的學業成績不過不失，與同學的相處亦算融洽。

總括來說，我的生活算是愉快的，直至大半年前，一連串的問題開始出現在我身上。

以前的我，可在一分鐘內極速入睡。但自前年聖誕節開始，我便經常失眠。就算當天打籃球、游泳、跑步，連做四、五小時運動，晚上依然全無睡意，到日間上課時便陷入昏迷狀態。一天八節課上畢，腦袋一片空白。

就算是獨自在自修室温習，我也覺難以集中精神，而且，以往那份動力和拚勁也好像消失了。

書聽不進，溫習時注意力不集中，我的成績當然一落千丈。當我敬愛的班主任堯老師忍不住痛斥我時，我百辭莫辯。

在精英班裏，成績遜色者往往會遭受歧視、排擠。體育課分組活動或分組做project，我總是形單影隻，最後要勞煩老師逼迫同學讓我加入。

既然我是被孤立者，我就更孤立自己。我不大跟同學交往，連打招呼也不願。同學三五成羣聚在一起嘻哈大笑，或是低頭細語，都是在談論我、說我壞話、取笑我。從他們的眼神和笑容，我可以猜到。

心情低落，我連帶食慾也下降。連慣常愛吃的煎炸辛辣食物，都變得淡而無味，甚至連媽媽煲的老火湯和精心炮製的餸菜都不再美味。

爸媽認為我因為讀書壓力過大，以致食慾不振和失眠，建議我找社工和老師求助。

我一直都沒有做，因為，他們根本沒可能幫到我。我不相信，單靠傾談就可以解決問題。若是可以，為何世界還有無數紛爭、歧視、衝突、叛亂呢？

我不向別人求助的另一原因是——我根本不認為自己有任何問題。有問題的是我身邊的人而已。

三　五秒可以到樓下

一天下課後，我躲在六樓圖書館看書，直至黃昏關館了才離開。我一邊在走廊走着，一邊望向操場。偌大的操場，空無一人。

我停下來，凝視這寧靜的空間，心裏想了許多事情。

圖書館主任出來時見我仍在，隨口問我：「那麼晚還不回家，站在這兒幹什麼呀？」

「若果我由這兒跳到樓下去，五秒可以了吧？」

翌日早上，駐校社工便為我輔導，並將我的個案轉介辦學團體屬下的臨牀心理學家。一個星期後，我被帶到葵涌醫院見醫生作評估。

結果證實，我患病了。

患的是——思覺失調。

我還未來得及反應，便被安排住院。

在醫院裏，我要跟二、三十名病人同住一個病房。

看着私人空間的我極度不滿意這個安排。然而，我可以怎樣呢？

爸媽幾乎每天都來探望我。媽媽更是不間斷地攜來湯水及愛心飯餸。

看着雙親既憔悴又擔憂的面容，我實在不忍，遂聽命地把一切健康滋補食物和各種藥物吞進肚裏，並盡量配合醫生規定的作息時間和給我的一切治療。

兩個多月後，我便出院了，更可以馬上復課。

醫生認為，只要我每個月回醫院覆診，並定時服藥便行了。

復課初期，同學對我的態度明顯地改變了，變得很客氣，生怕會因小事而惹怒我，令我「精神病發」。老師呢？對我比之前細心了，還主動問我要不要補課，以趕上大家的進度。

似乎，事事都是令人滿意的，一切好得有點不真實。

漸漸地，我忘了自己是思覺失調病患者，必須定時服藥。

五月二十九日，是學校的敬師日。

中文科老師請我們事先寫一封信，表達對班主任堯老師的感受，當然是要以表揚她為主。

中文寫作是我的強項。結果，我的一篇文章獲老師評為全班最好，我亦順理成章成為向班主任致讚美辭的班代表。

我早已把文章背得滾瓜爛熟。豈料，到我在禮堂等候向老師致辭時，我腦裏竟然一片空白，彷彿有人入侵我的腦袋，按了刪除鍵，把我的文章一下子刪掉。

我搜索枯腸，依然搜不出片言隻字。身邊的人開始竊竊私語，並以敵視的眼神打量我。

他們怎會知道呢？難怪他們懂讀心術？

我苦惱地在想：我是否該向負責老師請辭？但，時間緊迫，往哪兒找人去頂替我？同學必定會嘲笑我不自量力，或埋怨我丟了全班的面。

唉！老師為何要選我呢？難道就是想給我一個難題，令我難堪？

這一切，是不是一個陰謀？大家就是想看我出醜，看我難以下台的尷尬模樣？

哼！若你們是存心陷害我，我也不會給你們好過！

「現在我們請4C班的永龍同學，向他們的班主任堯美枝老師致謝！」負責老師介紹我出場。

我站起來，大步走上講台，開始說話。

在我說得最興起的時候，老師突然中斷拍攝，一臉怒氣跟我道：「你知不知道自己在說些什麼呀？今天是謝師日，不是清算日！」

我愣了愣，然後，四面八方的低語聲開始向我襲來，令我渾身疼痛如被千針萬刺。

四　我到底做錯了些什麼？

接下來的兩天，校方要求我在家閉門思過。

六月一日，爸媽和我回到學校，出席一個校方特別安排的家長會，曾副校長和七名老師都有出席。曾副校長問我在家兩天，有沒有反省自己的過錯。

我到底做錯了些什麼？我不知道。於是，我向曾副校長搖搖頭說沒有。

不知情的爸媽開始詢問一眾老師，我犯了什麼過錯。老師沒有回答，上前開了桌上的電腦，播放敬師日當天，我向堯老師的「致辭」。

那段不到半分鐘的說話，令我非常震撼。

說話的，的確是我。但是，螢幕上的我，很陌生啊！

罵同學是笨蛋，批評堯老師的教學方法和對待學生的態度，還用上嚴厲的語句：怎能不反省……能對得住良心嗎……

我感到腦袋一波一波的脹痛。我低下頭，感到非常非常的後悔。

檔案(F)
播放清單(I)

剛才還奇怪堯老師怎麼沒有出席。她當然不會出席。被學生公然羞辱，顏面全無，她該還在「療傷」吧？

曾副校長說，我會被記一個大過，並要我在一星期後向老師和同學誠懇道歉，才能復課。

此外，我還要在每個早上到訓導處，在訓導老師監察下服藥。對此，我立刻提出反對。因為，那些藥物令我昏昏欲睡，醫生處方藥物時亦指示必須在夜間服用。但是，社工于姑娘卻說徵詢過相熟醫生意見，在早上服藥亦可以。我無奈只有接受。

只要我乖乖遵從所有指令，我便可以復課了吧？我只想儘快重過正常的生活。

接下來的一個星期，我不能在課室上課，因校方怕我會跟同學發生磨擦，故安排我在校務處的一個獨立房間裏接受輔導和靜思。

反正一星期後，大考便來臨，趁這段時間温習也好。我遂答應了。

靜思期過後，我要正式面對現實，面對一羣曾經被我侮辱的同學，和被我「斥責」至落淚的堯老師。我還要在訓導主任潘Sir面前吞服那些令我疲倦、不能集中精神的藥物。

在這重要的一天，我怎可以讓藥物影響我的思緒呢？

我決定在復課前數天停止服藥。

正式復課那個早上，我在訓導主任潘Sir面前吞服一些一早預備好的傷風丸，反正他根本沒可能分辨那些是什麼藥丸。

在我服藥後，潘Sir跟我道：「我們安排了在小息時開咪，讓你向全校師生公開道歉，之後，你便可以正式復課。現在你可以自行回獨立房，細想一會兒要說的話。」

開咪公開道歉？有這需要嗎？事件牽涉的只是我和堯老師及我班三十多名同學罷了，怎麼要全校聽我的道歉？

「有……有這個必要嗎？」

潘Sir沒有理會我，只是自顧自再説了些話，便離去了。

細想……我要細想一會兒要説的話……細想……這兒很吵，太多雜聲人聲，我不能想事情……細想……在什麼地方可以靜得令我能細想呢……有，那兒很靜很靜，絕對安靜……六樓……圖書館外的走廊……

五　靈魂落淚

我的靈魂離開了軀體。

我不再昏昏欲睡、迷迷糊糊，不再需要以軀體去面對一切人和事了。是好？是壞？

堯老師從慌忙走避的人羣中衝到我地上的軀體前，凝望着，失聲痛哭起來。

我又一次令她痛哭了。

哎！我還未向她正式道歉啊。

「哥哥！」

又一個人伏在我的軀體前痛哭。那——是我妹妹。

跳下來的一刻，為什麼我沒有想過妹妹？她就是站在操場，出席早會的其中一人。

還有……還有，我的爸爸媽媽。

漸漸地，愈來愈多的人在我的軀體和靈魂穿插、叫嚷。

沒有一個知道，我的靈魂也在落淚。

故事源起

患有思覺失調的中四男生，於學校早會時，在師生面前身懷遺書跳樓身亡。

死因庭早前召開死因聆訊，陪審團一致裁定男生死於自殺。男生父母認為是學校迫死他們的兒子，揚言要控告學校。

《星島日報》二〇一一年九月二十四日港聞版

戀愛調解員

一　萬人迷的女朋友

「袁悦天！袁悦天！你快來，我要你幫忙！」

在五樓走廊當值的悦天還未來得及回應，便給同學芬芳拉到走廊盡頭的雜物室門前。

A班的楊汛正坐在地上，兩手抱着頭，哭得渾身抽搐。

「怎麼了？你跌倒？還是生病，不舒服？」身為風紀的悦天，見狀大為緊張，在她身邊蹲下來，探問道。

楊汛聽而不聞，完全沒有回應。

「讓我去通知老師吧！」悦天正要轉身跑下樓梯，卻給芬芳攔住了。

「她不是跌倒，也不是生病。她跟男朋友吵架，瀕臨分手邊緣。」芬芳代楊汛回答。

原來是感情問題。

「恕我未能幫忙。」悅天嘆了口氣，道：「芬芳，你該找學校社工才是！」

「萬萬不能啊！學校社工會把我們的事原原本本告知班主任，班主任必然又會向家長匯報，事情會越搞越大。她就是不想給大人知道！」

「我只是風紀，不是專業輔導！」悅天還是搖搖頭，推卻這個請求。

「你不也是『朋輩調解員』嗎？」芬芳「提醒」她道。

她的確是學校的「朋輩調解員」。老師選了她和另外幾名小六生參加由慈善機構舉辦的「調解大使訓練計劃」，她已上了兩個工作坊，快將修畢課程。

悅天沉默了半晌，才道：「我學的是幫忙調解朋輩之間的糾紛而已！」

「她和她的男朋友都是由朋友的關係開始，你當他們是好朋友吵架去調解，不就可以了嗎？」芬芳見她面色稍稍緩和，似乎有點心軟，遂道：「悅天，幫幫忙吧！你口才一向比我好！」

悅天低頭見楊汛哭得極為淒楚，遞上一張紙巾，一隻手輕搭她的肩，道：「抹乾淚水後，你試試深呼吸。若果你繼續哭，哭得雙眼紅腫，老師一定察覺到，亦會問長問短。」

楊汛抹乾淚水站了起來。幾下深呼吸後，她的情緒稍稍平伏。

「她的男朋友就是我們班的郭文浩。」芬芳透露了這個資料。

郭文浩?!

他是D班公認的帥哥，一雙大眼炯炯有神，右頰還有「Cool魔」般迷人的酒窩！十二歲的他已有五呎六吋高，還要是籃球隊隊長，如此這般，令他在校內成為「萬人迷」。

悅天知道，班上有好些女孩子都喜歡他，而他，據知與班裏的「小飛魚」周甜甜早在學期初便開始交往，上課時經常「傳紙仔」。他倆不用參與校隊操練的日子，放學會一起離校。

既然已有周甜甜這個女朋友，郭文浩又為何與楊汛開展另一段情呢？那豈不是一腳踏兩船？

這樣複雜的感情問題，絕非一個十二歲孩子可以調解的。

悅天正要婉拒這項艱巨的任務，小息完結的鐘聲卻響起了。

「不如，我們在午飯後再談，好嗎？」芬芳跟楊汎道，「我和悅天會到後花園入口等你。不要再哭啦！」

二 兩心剖白

我跟楊汎曾同班一年，大家不算相熟，印象中的她，文靜內向、愛閱讀，不太愛跟同學傾談，好朋友就只有芬芳這個性格開朗的「大眾朋友」。

她會跟郭文浩拍拖？悅天只覺得難以置信。

「楊汎跟郭文浩一起，有多久？」從飯堂走往後花園途中，悅天問芬芳道。

「約莫一個月。」芬芳回道。

「郭文浩不是正跟周甜甜交往嗎？」

「他倆已經分手了。」芬芳語調輕鬆地回道。

「是嗎？兩個星期前，我還見過甜甜在課上『傳紙仔』給郭文浩呢！」

「她還喜歡他，想跟他復合囉！」芬芳聳聳肩，道，「不過，郭文浩已跟楊汛開始了，他不想一腳踏兩船。」

悦天一臉驚訝的瞪着她。

「你們這些品學兼優生，一天到晚只緊張讀書。班裏同學之間發生什麼事，你都蒙在鼓裏。」芬芳暗笑道。

「那麼，為何你會要求我這個只會讀書、從未拍拖的人去幫忙輔導楊汛呢？」

「因為，Miss Leung曾公開讚賞你，說你不但聰明，小小年紀便很有智慧。既有智慧又有口才，不找你，找誰呢？」芬芳笑道。

「Miss Leung只是誇獎我吧。我何來智慧呢？」悦天苦笑道：「一會兒我見到楊汛，一定會叫她乾脆跟郭文浩分手。我們快要考呈分試了，還是專心温習。拍拖？待大學畢業，我們心智夠成熟時才拍吧！」

然而，當她一踏進花園，老遠便看見楊汛和郭文浩雙雙站在一角，隔着約兩個人的距離，凝視着一盆開得燦爛的杜鵑。

中午過後的陽光落在楊汛稚嫩但憔悴的臉上。十二歲孩子要承受的壓力不是只該來自「學業」一項嗎？

「咦？郭文浩你也來了？」芬芳詫異地道。

帥氣的郭文浩正想回答，卻給楊汛搶先代答。

「你說悦天是調解員，那即是我和文浩都要到來，才可以調解，不是嗎？」楊汛晃晃兩隻大眼睛，在悦天和芬芳的臉上來回看看。

「是的是的。」芬芳連連點頭，然後笑笑跟悦天道：「交給你了，專業調解員！」

一眾朋友寄予厚望，令悦天首次感受到學業以外的無形壓力。「郭文浩、楊汛，我的調解知識實在有限，而且我只是調解過一些微小的紛爭，所以，你們不要對我有太大期望，我只能盡力而為。」

她深深吸了口氣開始道：「我在小息時碰到躲在走廊盡頭痛哭的楊汛，知道她哭的原因是和你們的爭執有關。由小息到現在，已過了兩個多小時，我想你倆都已冷靜下來吧？郭文浩，你可介意由楊汛先說說你們先前的爭執？」

郭文浩聳聳肩，道：「當然不介意。」

楊汛飛快地瞥了他一眼，輕輕抿嘴，道：「第三次呈分試快到了，當人人都在努力備戰時，文浩好像完全不當一回事。我知道在早前兩次呈分試，他的全級名次都排得較後，我擔心他未必能如願入到南區中學，便提議他暫停籃球隊訓練，專心考試，他卻堅持要繼續訓練，還說要參加今年的校際比賽，說獎項有助他入讀南區中學，成績只是次要。我不同意啊！

「過去兩年，學校籃球隊都未能在比賽中打入三甲，我猜今年都未必能夠有好成績。與其浪費時間，倒不如——」

「我們絕對沒有浪費時間！」郭文浩按捺不住，打斷她的話，「你就是『睇死』我們沒法入三甲！你太看低我了！」

「我不是看低你！不是啊！」楊汛激動起來。

「楊汛你先停一停，跟我一起深呼吸，冷靜一下。」悅天一手扶着她的肩，另一手輕握她的手，與她一起做了三次緩緩的深呼吸，才道：「郭文浩剛才只是不太明白你話裏的意思，你試試平心靜氣面向着他解釋一次，並道出感受。」

「我絕非看低你，絕對不是。」楊汛看進他的眼裏，道：「我看過你們的練習，知道你的隊友都是四、五年級生，比賽經驗不多，跟你不太配合，所以，我擔心你未必能發揮。既然如此，倒不如花多點時間準備呈分試。我們可以一起溫習，互補不足。」

「楊汛你的意思是：你很關心郭文浩，希望他能夠入讀心儀的南區中學。然而，你擔心他的成績未能成功入讀，希望他暫停籃球訓練，專注於第三次呈分試。郭文浩，你聽了楊汛剛才的話，有什麼感覺？」

「我知道她着緊我的成績，但，她不明白籃球對我有多重要。令我最氣的，就是我們還未比賽，她已經認為我們會輸，那會影響我的鬥心！這次是我在小學階段的最後一次比賽，我絕對不想錯過！她叫我『以學業為重』這些話，我阿媽也跟我説過。唉——你們這些女人是不會明白的。我阿媽已煩了我很久，我最不想在學校被『另一個阿媽』煩。」他又望着楊汛道：「你着緊我的話，就請你嘗試理解我的心情！」等了很久，郭文浩終於等到發言的機會了。

跟他同班已久，悦天從未聽過他的內心剖白。基本上，她從未聽過一個同齡男孩子的剖白，如今聽了，才知道自己對身邊人的了解幾乎是零。

「對不起！我想我是過分緊張了。」楊汛在短暫的寂靜過後，道：「我自己為了呈分試，暫停了學習畫畫和長笛，其實，我並不太開心。然而，我卻要求你暫停籃球訓練。想起來我也覺得有點過分，沒有考慮到你的感受。」

郭文浩面色緩和了。「今早，我的確有點兇。我……一覺得煩擾、人家不明白我，就會發脾氣……Sorry！」

「你們現在沒事了？」芬芳微笑問道。

「算是吧。」郭文浩又回復酷酷的樣子。

「不如，我們請你倆吃雪條，好嗎？」楊汎咧嘴而笑道。

「不用了！」悦天即道。「我根本沒有怎樣幫忙，是你們自行把問題解決。」

「不用客氣！你們就在這裏等，我們速去速回。」楊汎拉着郭文浩走了。

「我早說過你一定行！」芬芳拍拍她的肩，道。

「是他倆願意說出感受和需要而已。最重要是，他倆都重視、關心對方。但，下次這對小情人再有爭執，請專業人士調解好了。我這些人生經驗有限、沒有戀愛經驗的人，實在不應擔此重任。」悦天淡淡地道。

故事源起

由香港家庭福利會主辦、恆生銀行贊助的「恆生·家福青少年調解計劃」舉行嘉許禮，嘉許成為「朋輩調解員」的逾三百位學生及表揚其中八十位表現優秀的「傑出調解員」。計劃旨在鼓勵學生以正面態度，解決跟同儕、家人之間的紛爭，改善彼此關係。

《好報》二〇一三年十二月二十日A冊、恆生銀行網頁

黑夜少女

一　在黑夜尋回自我

我的老師和同學常說我不是一個正常的人。

他們的質疑令我有時也懷疑，我是否不正常？

朝八晚四的學校生活，過半時間，我都恍如靈魂出竅。

難以集中的原因，是困倦難當。

是誰主張白天上班上課，晚上休息的？

一定是一個自命正常的人。

晚上，才是我思維最敏捷，精神處於最優質狀態的時候。

走在冰冷的夜風裏，我才能享受被寧靜擁抱的自在感覺。

在人家眼中，我是個虛耗光陰的典型夜青，但我則視自己為一個只能在黑夜尋回自我的少女。

二　只是我的幻覺

爸媽的結合是個難解的謎。

我一向不大清楚他們的工作，只知道是和清潔有關的。他們在不同的地方上班，上班時間又截然不同。一年到晚，一家三口在一起的日子，湊起來可能僅有兩個月左右。

相處的日子雖寥寥可數，爭執卻多不勝數。

爸媽會為購買哪隻牌子的殺蟲水而吵架；外出吃飯偶爾叫了道難吃的菜，也會成為口角的源頭。

在他們互相謾罵至臉紅耳熱的時候，我會選擇噤聲。基本上，我沒有什麼可以做。若果我發言，定會掀起另一輪更激烈的爭執。

人家說性格是天生的，但生活環境可以令人徹底改變。這點我很認同。

讀幼稚園時，鄰居一個男孩子和我被學校裏的嬸嬸封為「牙尖仔」和「嘴利妹」，我們的多言好動名聞全校。升上小學後，他依然是牙尖仔，我則不再是嘴利妹。

我「有幸」被派往區內一所著名小學的上午班就讀，每天早上七時五十分上課，中午十二時三十五分下課，可我不是跟大部分同學一樣給爸媽接回家去，而是徒步十五分鐘往附近的補習社，由下午一時逗留至晚上十時，才由補習導師送回家。

小學六年，補習社成了我的家。每天至少有九個小時，我都待在那兒，連星期六、日，我也被安排參加中、英數「補底班」。

我真正的家，只是一個供我晚上睡覺的窩。

有許多次，我病得不能上學了，媽媽還是把我從牀上硬拔起來，又拉又扯的送往補習社，放下錢託導師帶我去診所看病，她則上班去。

補習社沒有牀，我服藥後睏極，只能伏在冷冰冰的膠桌上睡覺。醒來後迷迷糊糊的，不知身在何方。其他孩子見我戴着的口罩盛滿口涎和鼻涕，都對我投以鄙視的、厭惡的眼神。

在補習社，同學三五成羣，我永遠是孤單的坐在一張小桌後；在學校，我也是獨行俠一名。

以平庸的成績躋身進名校，我頓時降級至最差的一撮人。

參加補習社的所謂「補底班」，對我的成績沒有顯着幫助。我的全級排名由小一的bottom 30跌至小三的bottom 3，簡直是越「補底」越「陷底」。

校方說，學校按學生成績編班，但無論我被編入A、B、C還是D班，我總是全班最差的一個。

老師每次問問題，我總是縮着脖子，垂着眼，巴不得整個人鑽到椅底下。那些問題總是艱深難明，該是中學以上程度的吧？若是不幸給抽中作答，我只能支吾以對，最後被罰站至下課，再被罰抄課文。

老師們都知道我資質平平兼不求上進，調位時常常把個子小小的我調到最末一排，幾乎是當我不存在。

老師如是，同學便肆意欺負我這個沒大作為、卑微如鼠的人。

課室裏有一個神秘的黑洞，經常會把我的功課、作業吸走。明明是親手繳交給科長的習作，竟會不翼而飛，三數天後，它們又會神秘地在某個角落或廢紙箱出現。打開一看，竟被寫上無聊話或給塗改得亂七八糟。

查問和投訴是毫無用處的。我等品學俱劣的學生，沒有投訴的資格，沒有受保護的權利。

對這一切，我只能啞忍。

百忍是否會成金？我質疑。

同學對我選擇啞忍並不滿意，逐步把欺凌升級。

一天小息，坐在我旁邊的同學説看見有蟑螂爬進我的書包裏，我極度恐慌地跳起來，抖顫着手準備把書包打開察看。

「喂！若果那蟑螂爬出來在課室四處走，怎辦呀？」另一個同學喝止了我。

「難道就隨牠在我書包裏亂竄？」我楚楚可憐地反問她。

男班長衝過來，二話不說，一手搶去我的書包，擲到地上，提起腳來使勁踏。

「這樣保證『殺牠死』！」他道。其他同學也紛紛加入，一人一腳像是在玩集體遊戲。

不要踏呀！我的手機就在裏面，我的手機……

眼見他們踏個不亦樂乎，我只能在心裏喊叫。

「你們在幹什麼呀？」

課室門前突然傳來班主任霍老師的聲音。

我抬起頭來，定睛看着她。

救星終於趕到。我的心定下來。

「霍老師，我們在殺蟑螂！」男班長不慌不忙地回道。

「唔，那你們要殺得徹底。」

1

我的救星轉身離去了。

上課鐘聲一響，眾人若無其事地回到座位。

我也坐下來，一言不發，看着下一節的老師走進。

一切如常。

沒有人為剛才發生的事說過半句話，包括我自己。

在大家為老師說的趣事而笑得人仰馬翻時，我開始懷疑：剛才踐踏書包一事，是否確實有發生，抑或，只是我個人的幻覺。

然而，當我在補習社打開書包，取出所有書、文具，我可以清楚看見躺在書包底裏那支離破碎的手機殘骸。

當晚我躺在牀上，心裏想了一遍又一遍。在事件中，我明明是個受害者，但預期中該有的安慰，卻沒有任何人給予過我。媽媽給我的是熾熱的兩大巴掌和一大番有針有刺的說話，教我更痛恨自己的懦弱、卑賤。

我盼望有人替我出頭，為我伸冤，但這個人從沒出現過。

身心疲憊，卻無法入睡。連閉上眼睛掉進夢鄉這樣簡單的事，我都做不成。想來，我真的如媽媽說的徹底失敗、毫無用處。

夜深，冰溜溜的月光滲進來，倒翻木桶般瀉滿一地。

我從抽屜裏翻出一把美工刀，然後坐在月光下，拉起長長的睡裙，一筆一筆的在大腿上鎅出一個字。

在學校裏我是個失敗者，很多事情我都沒法完成。不過，在大腿上鎅字，難不倒我。

我在右腿正中央鎅出一個字——「死」。

我只會把心底裏的這個想法以這種形式去表達，而我是不會立心去實行這件事的。

發洩過後，一切該會好起來的。

鎅大腿，成為了一種習慣。雖然是發洩，我還是很小心的，絕不會在學校運動短褲遮蓋不到的地方留下傷痕，亦不會鎅手。

我不能讓人知道我這個秘密。

三　我的人生是白費的

二零零八年七月九日，升中放榜。

終可以脱離這所折磨了我六年的學校。

最後一次穿着校服，最後一次踏進校門。我心想：我今世也不會再回來。

只是十來分鐘吧，多忍一會兒，我便可以跟這所學校正式脱離關係。

雖然成績不大好，但替我填升中派位表格的實習老師戴老師則堅信我有資格入讀Band 1尾的中學。

全校就只有她一個相信我的能力，並向我說這麼正面的話。

然而，派位結果卻是我意想不到的。

派位證上的，是一間Band 3中學。

戴老師為我揀選的學校當中，並沒有這一間。

究竟出了什麼問題？

戴老師實習期滿，已離校，「事件」由我原來的班主任霍老師「徹查」。一查之下，才知道是戴老師一時手誤，把我心儀的中學編號填錯，拱手將我送進了這間從沒有本校學生會選的學校。

我不大能接受這荒謬的事實，呆了好一會兒，才顫抖着問霍老師：「我還可以試試去另一些學校叩門嗎？」

霍老師長長嘆了口氣，以中指輕托眼鏡，道：「其他學生還可以，不過，以你bottom 3的成績，叩門成功的機會該是微乎其微。」

我的人生，似乎永遠跟好運、快樂連不上線。

「派了去哪間中學？」媽媽在電話那端問我。

我怯怯地告訴了她。

「Band幾的？」這是她最關注的一項。

我如實告之。

「早知會有這結果。補習補足六年，都是白費的！」她冷冷地道，然後掛了線。

不只補習白費了，或許，我的人生都是白費的。

既然入了Band 3學校，媽媽認為我不用再補習。我終於可以過一個真正「悠閒」的暑假。

沒有學業的壓力，可我的生活依然不好過。

日間在家的時間多了，我發現了爸爸的秘密。

若有超過一天的假期，爸爸總會北上。他說是公幹，但作為一個清潔督導員，我不認為他有需要到內地公幹。而且，平日衣着隨便的他，每次北上前，都會打開衣櫃，細心挑選好衣服才換上。五十歲的他，還電髮、用髮臘、買男士護膚品。

不只一次，我聽到他用蹩腳的普通話跟人在電話調笑：聲線放得輕輕軟軟的，恍如在哄一個小小的嬰兒入睡。

他的普通話我聽得明白，憑內容可以斷定，電話那端的是個女人，而且是一個他刻意要討好的女人。

大人的事，我不會明白，也不想去明白。

既然愛已變質，為何還在一起？是因為我的緣故而選擇維持婚姻關係？那我是否該感謝爸爸為我作出的「犧牲」？雖然和他一起的時候，我並沒有感受到切實的父愛，但爸爸不像媽媽，不會痛罵我，不會以厭惡的眼神望我。爸爸對我是完全的漠視。

無他，爸爸的心放了在比我和媽媽更重要的人身上。

當爸爸北上，媽媽又上班去了，我也會溜出去。

在家裏，我是孤伶伶一人；在街上，我也是獨個兒，然而，我夜裏的世界廣闊無邊，寧靜無比。

我在街上的第三個晚上，有人向我搭訕。

我並不是孤獨的。在街上尋找寧靜感覺的，大有人在。

與晚上的朋友一起時，我自覺是個正常不過的人。

我們的世界沒有排斥，沒有欺凌，沒有暴力，沒有謊言。我的朋友無條件地接納我、包容我，視我為一分子。我渴望已久的認同感，只有這個羣組可以提供。

那個暑假，我的作息習慣徹底改變。日間，我要有充足的睡眠，好等我有體力和精神在晚上與朋友消磨至天亮。

在臨開學前一天，我依然夜出早歸。回家時，已是清晨八時。

媽媽竟然安坐在客廳等我。

想提醒我開學在即，要我收心養性？

才不。

「你爸爸該是有外遇了。」

媽媽最關心的還是她的婚姻。

該如何回應她的話呢？

「我一早就知啦！」這鐵定會令媽媽狂怒。

「不！是你多疑罷了！」這根本就是説謊。睜着眼説謊，我做不出。

「你怎知呢？」

還是由她主動説吧。

「你爸爸經常失蹤，手機關上，致電他公司找他，總是不回覆。最近，我更發現有些首飾不翼而飛。我知道絕對與你無關，因為你從不入我的房間。昨晚我逮着你爸爸問個究竟，他先是支吾以對，之後才承認失物跟他有關。然而，他的理由極之荒謬，竟説戴着我的戒指去滅蝨而弄丟了。他弄丟我的金項鍊，理由更是離奇。我肯定，是他把我的東西拿去送給外面的女人！你爸爸真過分……」

上一次跟媽媽坐在客廳的沙發傾談是什麼時候呢？我已經記不起。難得母女倆有共處的時間，她竟然向我這十三歲的女兒大數丈夫的不是。

大人的事，小孩不能插手，而我更不想知道這些事，被蒙在鼓裏的人該會開心一些。我心中儲存的抑鬱不快已多至氾濫，不想再要負面的添加劑。

「你想跟他離婚嗎？」

我隨口吐出這個問題。話一出，自己也嚇了一跳。

爸媽倘若真的離婚，我怎辦？有親密小三的爸爸，肯定不會「有興趣」照顧我。媽媽是泰國人，離婚後多半會回泰國，我才不要跟她去那完全陌生的國度居住。

幸好媽媽的答案是：「我不會離婚。」

不離婚的原因，媽媽補充了，是：「太麻煩！而且，離婚是便宜了他。」

那麼，當初結婚的原因又是什麼呢？

上了中學，日子依然是漫長而難過的。

在這間Band 3學校，我被編入精英班，可惜，我永遠也不是精英。接近兩個月的暑假，每天日睡夜起的顛倒生活，教我無法適應學校的時間表。

在課室裏，我總是難以保持清醒，坐着站着走着都是迷迷糊糊的。

像我這樣的學生班裏有好幾個，頑劣的，也有好幾個。我不算是「焦點人物」。

老師們的注意力都沒有放在我身上，我可以肆意在夢中上課，放學後趕緊逃離學校，回家倒在牀上補睡數個小時，再外出去見我的黑夜朋友。

這樣的日子過了好幾個月，直至有一晚，Tracy —— 我的其中一個黑夜朋友，把一粒「丸仔」遞給我。

「是什麼？」我心裏知道那不是普通的藥丸或糖，但還是扮無知的問道。

「總之是『好嘢』才會跟你分甘同味！」Tracy把丸仔放到我唇邊。「放心！是會令你忘憂的！」

我總不能在朋友前丟臉，只好吞掉它。

試了一次，必定有第二、三次。

在第三次之後，我決定要遠離這班朋友。

我愛黑夜。但不愛毒品。雖然我在學校時常常處於半昏迷狀態，但學校有參與驗毒計劃。這點我非常肯定。毒品的禍害，我隨口也可說出好幾個。我才不要讓它蠶食我的身體和金錢。

幸而，三粒丸仔未有令我染上毒癮。

為了不要跟毒品扯上關係，我只有遠離與毒品有關的人。朋友，失去一班，還可以結識另一班。我只是與黑夜有個約定，與朋友，並沒有任何約定。

我下定決心，明晚要到別區流連。

想不到的是，我的計劃被突發的事情打亂了。

四　從地獄中逃出來

「呀——救命呀！你瘋了嗎？」

在我彎下身子穿鞋準備上學時，冷不提防被媽媽猛力拍打背部，痛得我尖聲呼救。

我只是不肯替她致電爸爸罷了，她就臉色大變，追打起我來。

「你想爸爸回家，何不自己致電他呢？」只是一句合情理的反問，便觸動了她的神經，引發她向我施虐。

「我只是說實話！你想見他就自己去找他啦！借我名義騙他——」我不甘被打，按捺不住回了她幾句，卻掀起了一輪更猛烈的風暴。

她怔了一怔，然後歇斯底里的罵我：「你根本從來沒有當我是媽媽！你不聽我話，不尊重我……」

後來，她更變本加厲，拿起掃帚毆打我，不理我哭求哀號得聲嘶力竭，她還是追着我，手起手落的朝我的頭和臉狠狠打下去。

以手打我，我痛，她也痛；以掃帚打，我不只皮肉痛，心也痛。她不再是因為想我好而打我，她當我是垃圾，要把我從家中掃走。

本來已穿好校服，準備上學的我，趁機從家裏逃了出來，身上只有手機和錢包。我不敢折返去取書包，惟有空着手回校。

一整天，我就縮在座位裏啜泣。

沒有功課，沒有書，也沒有人理會我。我在這兒恍如一個隱形人，肉體隱形，連靈魂也隱形。

下課後，我沒有回家的意欲。從地獄中逃出來，沒理由返回地獄去吧。我在學校附近遊蕩，直至夜幕低垂，一身疼痛加上飢餓驅使，我走進一間快餐店。

在付款時才發現錢包裏的零錢根本不夠繳付費用，只好紅着臉跟職員說不要了。

「若果不介意，我替你付款吧！」站在我身後的男子湊上前跟我道。

「啊，好的。」我實在餓得胃也抽痛了，連道謝也忘記，馬上把餐捧走。吃了不到一半，有人坐到我身旁。我抬頭望他，就是剛才替我付錢的那人。

「謝謝你！」飢餓不會令我連基本的禮貌也忘掉的。相信他就是為聽這句話而來吧？

「你——我想問你是否《滴骰孖妹》的『數碼子』?」他靠近我,問。

我有點驚訝。

我在Facebook結識了一個玩cosplay的女孩子,上星期六相約去了展貿的cosplay活動。第一次玩Cosplay,我考慮了很久才決定用數碼子的造型。雖然當天我不算是最突出的一個coser,但也吸引到不少注目。

第一次有那麼多陌生人注視,有點不習慣,但感覺良好。只是,由熱鬧回歸平淡,獨個兒踏上歸家路,獨個兒更衣卸妝,凝望着鏡中的自己,我感到無比的失落。

五　像我這樣的夜青也值得去寫?

「喂?請問吳小盈家長在嗎?」電話那端問道。

是我的老師Miss Mok,乾乾瘦瘦的一個人,嘴唇總是緊眠着,一臉木然。

「是Miss Mok嗎？我媽媽在睡房休息，你就告訴我可以了。我——是否可以升班？」我緊握着媽媽的手機，手心的汗也全滲過去了，令機身濕滑一片。

「吳小盈，你補考的成績都未如理想，中英數三科的平均分只有四十八分，要留班。一會兒，請你媽媽再致電我，我要跟她談一談……」班主任Miss Mok的聲調是一貫的平板、冷漠。

「只是差兩分而已，Miss Mok，可否……給我一個機會？我會……今次一定會盡力的了！」從沒有央求過人的我，這次不得不放下自尊，苦苦哀求她。

「我不想留班，我會改過……」

「你的升留是校方的決定，我沒有權去左右他們的決定。你的曠課、遲到是全班之冠，給你留班，不趕你出校，算是仁至義盡！」她的聲音是乾冰蒸發出的白煙，把冷冷的氣氛帶至每個角落。

剛灑過一場夜雨，街道是濕漉漉的，放眼望出去，一片灰濛。

我不向黑夜朋友聚集的方向走。這夜，我只想獨自一人。

衣袋裏的手機微微震動了。不看也知，一定是媽媽的追魂call。她醒來後必然跟Miss Mok通電話了，我留班的事，肯定令她再次瘋起來。

爸爸近半年都不常返家，媽媽已開始間歇性失控，我在家首當其衝，雞毛蒜皮的小事，她都會把它化大，與我無關的都演變成有關，把一切言語和身體暴力訴諸在我身上。

今趟，留班的事確實是我的事了。讀Band 3學校竟然還要留班，她肯定不會放過我。

手機接連響了數次後便回復平靜，如一隻垂死的兔子作死前的掙扎，最後還是難逃一死。

我走到一條小巷的盡頭，在一個棄置的水箱上坐下。

前無去路，大概就是這個樣子了。生命來到這個關口，我可以怎樣呢？

手機螢幕顯示，我有八個未接來電，全都撥自「家」。

別人說：在家千日好。我問：究竟有什麼好？

我一個人在外，沒有寂寞感覺，但回到我那個所謂的家裏，寂寞灌滿全屋，還有他們在家時凝聚的壓迫感，令我窒息。

靠着巷頭街燈微弱的燈光，我無聊地查看Facebook的相片和留言。我的Facebook朋友，全都是陌生的。

一張張笑臉，展示着一個個快樂的人生，輕鬆的、隨意的、真摯的，明顯充滿着愛的。

快速閃過的相片當中，有一張的背景機構名字，何其熟悉。

協青社。

兩個多月前上早讀課，老師搖醒睡夢中的我，硬要我和同學一起閱讀。我照例沒有帶任何課外讀本，她便要我到課室的圖書閣取一本。

我隨便取了一本簇新的書，只想打開「扮讀」，無意中看到書名——《夜青teen使》，不禁渾身震了一震。

像我這樣的夜青，也值得去寫嗎？

結果，我做了一件從沒做過的事，在一個月內看畢這系列的幾本小說，認識了書裏提及的一個機構——協青社。

突如其來的一股衝動，我嘗試在Facebook搜尋協青社。的確有這機構的Facebook專頁。

我戰戰兢兢的留了一則訊息。只是兩分鐘左右，便有人回覆，是協青社的外展社工GiGi。

「你現在在哪兒？我們的車快到天水圍了，我們來找你，好嗎？」

六　常存盼望

「小盈，你是否有話要跟媽媽說？」

我徐徐抬起頭來。

協青社面談室四面牆壁都是暖暖的淡黃色，就在我面前的一堵牆貼着一張海報，寫着「Home Sweet Home」。

「小盈，不要緊！有話慢慢說。」GiGi拍拍我的肩，微笑道。

「我想有個真正的家。」我緩慢地道。

「你有呀！你有我和爸爸！我就是想你有個完整的家，所以一直努力維繫婚姻，就算不開心，都不離婚……」

「就是你的不開心，令我在家裏未快樂過！」我激動得全身顫抖。「我們是一家人，但各有自己的生活，幾乎不傾談，不溝通，同枱吃飯也少，就算走在一起，都是無言以對。你在過去兩個月，跟我說過六次話，每次都是投訴爸爸，他有小三、他不顧家、他不負擔水、電、煤，然後，我就成為你發洩的對象。爸爸對你不忠，不是我的過錯啊！你對他有怨言，怎麼不直接跟他說？你怎會不停向自己的女兒批評丈夫？我幫不到你，也沒有能力幫你！你是大人，該懂得處理自己的事，但你偏偏就是把所有的埋怨、不快壓到我身上去！我很辛苦很辛苦很辛苦，你知道嗎？我也有自己的困難、自己的問題，我可以告訴誰呢？有誰會肯聽、肯幫我呀？

我知道你對我很失望。我呢……我對你早已絕望！」

我痛哭起來。很久很久，未試過為自己壓抑的痛楚而哭了。GiGi的手仍放在我肩上，暖暖的。就像這四面牆的顏色。我不知道我哭了多久，但我覺得我有大哭一場的需要。

我是個普通人，有普通人的需要——一個家，一個甜蜜的家。這一刻，我未必擁有，但我會盼望，我會常存盼望。

故事源起

跟盈盈相識，是在Facebook看到她的留言，開始跟她通訊，知道她有許多困擾，不懂處理。幸好她主動與協青社的外展社工聯絡，得以在協青女中心暫住，並由社工協助之下逐步改善與家人的關係，遠離毒品、損友，並不再自殘。書展時她來我的簽名會，我問她可否寫她的故事，她馬上說好，並相約在我家做訪問。

盈盈現在已經慢慢朝着陽光進發，逃離黑暗，故事令人鼓舞。

疑兇哥哥的一天

一　要時光倒流十五天

我站在安全島上多久了呢？我不知道。

這幾天，我似乎失去了時間觀念。

我隨着人潮走到對面的街道，立着，四處張望，周圍竟然是完全陌生的店鋪。

我身在何方？

倚在欄桿上，我作了幾下深呼吸。車輛的廢氣加上路人熙來攘往的傴促，隨着我的呼吸衝進我體內，令我強烈咳嗽至身體捲曲起來。

人潮在我身邊湧過，一堆又一堆。沒有人留意到我的存在，更沒有人知道，我就是轟動全港的斬殺父母案件疑兇的哥哥——岑家安。

「先生，你怎樣了？」

居然有人注意到我內心的不安？

我抬起頭，目光接觸到的是一對純潔的、溫柔的眼睛，一個年輕女孩子的眼睛。

「先生，你需要幫忙嗎？」

女孩兩手按着背囊的肩帶，俯身問道，神情帶點稚氣。

我當然需要幫忙。我要時光倒流十五天，回到我父母還在世、弟弟還未向他倆下毒手的時候。

十五天，只要倒流十五天就夠了。

我可以不上班，貼身陪伴着雙親，而弟弟呢，我會帶他去見最好的心理醫生，作詳細的診斷，及早發現問題，對症下藥。

那樣，我便能夠成功保護我的家人，讓我的四口之家齊齊整整，平平安安。

小姐你可以令時光倒流嗎？

咳嗽又再排山倒海地襲來，我索性蹲在地上。

「要不要我替你致電求助呢？」

現在世間竟然還有這樣心地善良的人？

「不用了！我歇一歇便可以。你……不用理會我。」

我拒絕了這陌生女孩的協助。

試問有誰可以幫我呢？

我迷迷糊糊的爬上一輛計程車，跟司機說了目的地，更靠在座位，閉上眼睛，一副與世隔絕的模樣。

但鋪天蓋地的新聞報導，還是像陰魂般纏繞着我，教我沒有一刻安寧。

「失蹤逾兩周的岑家夫婦，六十七歲的岑國建和六十四歲的彭順娥，已被殺害並遭碎屍。警方在和平街安定大廈四樓一個單位內發現兩人的頭顱和殘肢，分別藏在兩個雪櫃冰格裏。警方已拘捕岑家夫婦的次子岑家龍，他涉嫌糾黨綁架並殺害岑家夫婦……」

「唉——」司機聽畢，嗟嘆道：「這個是什麼世界呢？仔殺老豆老母？那些人，早死早着！你判他坐監，即是要浪費我們納稅人的錢去餵他養他！哼！我說，乾脆恢復死刑，殺掉這些忤逆仔、變態仔，以免他們遺害人間！」

「司機先生，你可否只是駕車，不要發表那麼多謬論？」我沉着氣道。

冷冷的車廂裏，只餘下報導員照新聞稿朗讀的呆滯聲音，伴隨着我返回寂靜的家。

「爸、媽，我回來了！」

二十多年來慣了一回家便跟爸媽打招呼，怎可以一下子改掉習慣呢？

只是，今後沒可能再聽到回應了。

客廳的電話響起來。我瞟瞟來電顯示，是大姨媽。

我該如何跟她交代？

還有姑媽、二叔、三叔等。

在我二十二年的課堂學習，和五年的社會大學經驗裏，從沒有人教過我，該如何處理極端複雜的家庭問題。

電話鈴聲被謀殺似的停下來。

我跌坐在沙發上，腦袋緩緩、無意識地在轉動。

「岑家安先生，你弟弟岑家龍已向我們承認，早在兩個星期前，他夥同幫兇關日祥在深水埗冠明樓六樓一個單位裏，謀殺了你們的父母岑國建和彭順娥，並肢解了兩人的屍體。我們亦已在該單位內找到證物。」

剛才在警署，探員廖Sir一邊故作冷靜地跟我講述案件調查結果，一邊謹慎地觀察我的反應。

兒子謀殺親生父母，相信他當警察多年都不會遇上許多宗吧？

「岑先生，你明白我說的話嗎？」廖Sir見我沒有他預期的瘋狂反應，遂問道。

「明白。我弟弟謀殺了我爸媽，證據確鑿。我清楚了。」

我態度出奇地平靜，倒嚇了廖Sir一跳。

我的平靜，不代表我不愛爸媽，亦不代表我是冷血動物。

我可以平靜接受這可怕的事實，是因為某些不能解釋的原因。

我關掉客廳的燈，獨坐沙發上。

爸媽被弟弟誘騙到一個單位殺害。他倆離家的一刻，該是完全沒有想過，那是他們一生人最後一次步出家門吧。

我歇力去回憶。

十五天前，最後一次見他們，是我趕着上班之時。

我永遠都是這麼趕，每個早上都在睡房和洗手間衝來衝去。媽媽為我準備的早餐，我就是擠不出時間去吃。

出門的時候，我只會循例說一句：「爸媽，我走了！」連當天爸爸是在翻閱報紙還是看電視新聞我也不清楚，媽媽穿着什麼顏色的毛衣，有沒有梳髻，有沒有堅持從廚房走出來送我出門，我也記不起。

我就是這樣，經常來去匆匆，總為自己的工作、自己的人生忙碌。關懷家人？在我的日程表上，甚少出現。

然而，爸媽對我的關懷，卻從不間斷。甚至在他倆離開以後，他們還是惦記着我，給我作出種種提點。

就像前天，一個下着毛毛雨的晚上……

我全身都沾着雨點。爸媽的失蹤，加上工作的繁重，焦慮兼疲累，令我只想在沙發上呆坐。

爸媽就在這個時候「出現」了。

我強烈感覺到他們的存在。那不是肉體的存在，而是另一種形體，是觸碰不到的，只能純靠感覺去分辨。

那一刻，我可以肯定，他們已經離世。

一下子痛失兩名至親，我自覺還未有向他倆盡過孝道啊！

「爸、媽，究竟發生了什麼事？為何你倆會雙雙離世？」我不禁問道。

語音未落，近窗的一個玻璃相架「砰」的一聲倒下。

我上前拾起一看，相架裏的是我們一家四口數年前在表姊婚宴上的合照，是我

們罕有的合照。相架玻璃上有一道裂痕，正好蓋在弟弟家龍的身上。

這道裂痕，把相片中的我和爸媽分隔開，永遠的隔絕。

二 心底的疑問

「家安！家安！你在嗎？開門吧！」

一陣急促的門鈴和拍門聲過後，是幾個親戚帶點神經質的呼叫聲。

熟睡了的我，嚇得從沙發彈起來。

「家安，你沒事吧？」

進來的先是二叔，然後是三叔、三嬸、姑媽、姑丈等。

「我沒事。」我淡淡地道。

姑媽環視一下四周，眼眶開始泛紅，姑丈馬上把她扶到一旁。

我回到沙發上，頹然坐下。

「你的手機老是接不通，致電你家，你又不接電話，我們擔心得很。」二叔坐到我身旁，道：「我們都是看新聞才知道事件真相的……震驚過後，最擔心的還是你。」

「我是成年人，會照顧自己。」

「我們是怕你難以接受事實。」三叔道。

「雖然我們並不經常見面，但我們很關心你，想看看有什麼可以幫忙。」姑丈說。「我們知道你是成年人，但對我們來說，你始終是孩子。發生這樣的家庭巨變，對任何人來說，都是難以接受的。但，你並不孤獨，我們全都會協助你，無論精神上、經濟上都會支持你。」

「我們……都很難過……」姑媽一開口，淚水便湧出來。「阿安，我知道你一向都很獨立，不用爸媽掛心，但今次的事件……你……不用隱藏情緒，心裏有話，不妨直說，想哭，就哭出來吧！」

我徐徐望了眾親戚一眼，咬咬牙，道：「就在兇案揭發前的一晚，爸媽回來了。」

一眾臉上掠過驚訝的神色。

「他們……回來了？」

我點了點頭。「還向我暗示了……事件與……阿龍有關！」

「你爸媽離開了，還放不下你。」姑媽含淚道。

「我……其實很掛念他們……真的……很掛念！」

終於，我哭出來了。這麼多天以來，欲哭無淚。

今天，我恍如缺堤。

二叔拍拍我的背，道：「我們都知道你掛念他們，你很難受。哭出來吧，把情緒宣洩出來。」

「為什麼？為什麼會這樣的？」我把心底的疑問說出來了。

「我們也不知道。世間許多事情，是難以解釋的。但是，讓我們陪伴你一起面對吧！」

我掩着臉，把抑壓已久的淚水全傾出來。

故事源起

無業男子疑因向父母索錢還債不果，偕友人誘騙父母到劏房殺害，並親手碎屍。男子其後向兄長報稱父母失蹤，更在網上開設專頁尋親。數天後，男子疑難抵精神壓力，在網上羣組及手機短訊承認殺雙親。警方在大角嘴一劏房內發現兩名死者的殘肢，將男子及其友人拘捕。

有青年研究專家分析，現今青少年沉溺網絡文化，加上香港生活節奏快，家長與子女關係疏離，導致青少年缺乏同理心，有機會視父母、朋友只是物件，當發生衝突時，容易失去本性，傷害對方。父母應多關懷子女，保持溝通，並應正面處理子女上網問題，多花時間陪同子女上網，灌輸正確價值觀，避免用高壓手段迫子女停止上網，否則易起衝突或使子女積怨。

《星島日報》二〇一三年三月十六日要聞版

十四巴掌之後

一 外出

「阿霜，今晚記緊要早點回來，晚飯前便要回到家……知道嗎？你哥哥今晚會回來，很難得他回來……還說會『斬料』呢……」

我出門前，嫲嫲再在我耳邊反復說着這幾句話。

「行了！我必定在七時前回來。你放心吧！」我挽起肩袋，徐徐拉開大閘。

「阿霜，你又去自修室嗎？」

在大閘「砰」的關上之際，我回了一句：「是！」

二 Facebook的短片

每次我挽着沉甸甸的肩袋外出，嫲嫲都以為我又往自修室鑽。

我跟哥哥都由她一手帶大，但只有我的學業成績可以年年名列前茅。把一切寄望在我身上的她，對我絕對信任。

可今天我卻對她撒了個謊。我外出的目的並非温習去，而是去見一個她憎恨的人。

原本，我們一家五口，齊齊整整。一次家暴，改變了我們的命運。

「媽媽！」

我在茶餐廳最後方的卡位見到她。不跟我們同住的媽媽，每個月都會跟我見面，交換近況，並給我家用。每次我把家用轉交嫲嫲，説這是我替人補習賺的，她都信以為真。只要我努力保持良好成績，這謊言便保有信服力。

今次匆匆約見，媽媽在電話裏只説有要事商討。我猜一定是媽媽要跟她交往多年的方叔叔結婚。

然而，我猜錯了。

「霜霜，你快來看看這段片！是我剛才在Facebook看到的！」

在酒樓當侍應的媽媽，仍穿着制服，頭髮梳理得一絲不苟，臉上依然化着淡妝。但今天的她笑容欠奉，臉容繃緊，不像平日的她。她把我扯到她身旁，顫抖着的手按了播放鍵。

片段在街上拍攝，先映入我眼臉的是一個身裁高挑的長髮女子，我認得那是哥哥的女朋友芍琴。而跪在芍琴前面，背着鏡頭的，很明顯就是我那個已沒有見兩、三個月的哥哥！

「誰叫你帶女孩子上我家呀？好大的膽……」芍琴説着，一手扯着我哥哥的頭髮，另一隻手，手起手落，結實的打了他一巴掌。

「呀——」我大叫起來，連忙掩着嘴，以免驚動四周的食客。

接下來的數分鐘，我不得不緊掩着嘴。因為，鏡頭下的哥哥，被他的女朋友重重賞了一巴又一巴，一巴又一巴！

「制止她呀！哥哥你怎可以就這樣任她虐打？怎可以？快站起來！快呀……」

我在心底吶喊。

我實在不明白，跟芍琴一樣高的哥哥，比芍琴更健碩有力的他，面對暴力，竟會龜縮，竟會啞忍。

「片段裏的那個，是……是阿生，是嗎？」媽媽怯怯地問道。「我已好幾個月沒見他，不過，媽媽總不會認錯自己的兒子的。」

「那個的而且確是哥哥。」我證實了片段中人。

若不是因為我快要應付文憑試而刪除了Facebook賬戶，我想我肯定比媽媽更快發現這條短片。

不過，發現了又如何呢？我會懂得處理嗎？

讀了十五年書，從沒有學過如何妥善處理如斯複雜的事件。

「真的是阿生……真的是他！」媽媽喃喃地道。她那呆滯而蒼白的臉，實在教我擔憂。

我掏出手機，馬上致電他。

電話被接駁到留言信箱。

早在一年半前，哥哥以方便上班為由，搬離嫲嫲家。

中學畢業後，哥哥做過至少十份工。最短的一份，幹了一天便辭職，最長的一份，也不過兩個月。

搬走以後，他每兩個月會回來一次，幾乎每次都說在不同地方工作或是待業。半年前，他告訴我們，他有了女朋友，還給我們看他倆的自拍照。

「她叫芍琴，在便利店工作。我們現正同居。」哥哥坦白地道。

哥哥和芍琴這對同居男女的關係是否親密，我不知道。不過，一次我在商場巧遇他倆，只見芍琴對挽着大包小包的哥哥厲聲呼喝，哥哥卻一臉自在，似乎已習以為常。

為免哥哥尷尬，我沒有上前打招呼，看着他倆遠去的背影，我只有暗地為他感到憂慮。

料不到，他們這女尊男卑的關係，到了如此嚴重的地步，還被偷拍短片，在網上公開。

「怎樣呀？是否找不到阿生？」媽媽問。

「他關掉了電話。」我如實告之。

「知道他現正在哪兒工作嗎？」她又問。

「不知道。」

「他住在哪兒呢？」

「只知道在土瓜灣區，但沒有詳細地址。」

媽媽焦躁起來了。「那麼，短片裏那個是他的女朋友吧？你認識她嗎？見過沒有？知道她住在哪裏，在哪兒做事嗎……」

知道媽媽找不到兒子，遂想找「施暴者」理論，甚至洩憤，我當然不會任她亂來。

「我不清楚，哥哥從不跟我談他的私事。」別無他法，我只有撒謊。

「那麼，我們可以做些什麼？」媽媽頹然靠坐在座位裏，問道。

「片中的途人已報了警，我相信警方會介入。」我回道。「現階段，我們只有耐心地等，看看警方會採取什麼行動。」

三 真相

「哥！」

我在大廈樓梯口閃出時，嚇了他一跳。

「阿霜？」被鴨舌帽遮了半張臉的他，詫異地問道：「你怎麼會知道我住在這兒？」

「我向你的朋友打聽，好不容易才找到這兒。」我注視着他的臉，事件已發生了四天，他被狠狠掌摑的臉仍未消腫，瘀青清楚可見。我憐惜地低聲問：「哥，你怎樣了？」

「我怎樣？我給那post短片上網的人害慘了，他令我工作也丟掉！翌日我回食肆上班，老闆一看見我，便給我三星期的薪金，叫我不用再上班，怕我會影響生意！XYZ@#$！我蠻喜歡這份工的，就這樣便給解僱了，真不值！」他忿忿地道。「阿琴還給人叫『十四巴港女』，她憤怒得兩天沒有跟我說話！」

「哥，你還跟芍琴一起？還住在她的家？」

「有什麼問題？」他反問。

「她……她這樣對你，難道你完全不介意？」

他垂下頭，鴨舌帽再次遮掉他的臉。「我和阿琴之間的事，你不會明白，亦與你無關。」

「好。」我點了點頭，道：「你是成年人，我不是。我還是不過問好了。但是，嫲嫲和媽媽都很擔心你啊！」

「她們都知道了？」他揚起頭來，雙眼瞪得大大。

「嫲嫲不會上網，又不看報紙，當然不知道。只是，那晚你答應了她回家吃飯卻爽約，致電你又不回覆，她當然擔心。至於媽媽，其實是她給我看那短片的。」

「她？她怎會看到的？」他驚道。

「她有上Facebook的，你少跟她見面，不知道罷了。」我道。

「我沒有興趣知道她的事。」他負氣地道。

「你跟嫲嫲一樣，仍然因為爸爸的事而惱她。其實，媽媽只是做她該做的事而已，之後發生的事，她控制不了。」

在我七歲那年的大除夕晚，在家裏發生的事，我依然記憶猶新。

因工傷而失業的爸爸，傷癒後仍然失業。媽媽遂替代了他的角色，到酒樓工作，成為家中經濟支柱。兩人卻開始經常因小事而爭執，嫲嫲屢勸無效，無計可施。

一晚，兩人又吵架，且越吵越激烈。

媽媽忍不住動手打爸爸，他老羞成怒，隨手拿起桌上的生果刀，刺傷媽媽的肩膀和手腳。媽媽逃出家門報警，結果爸爸被捕，後來更被判入獄。在監獄服刑時，他因心臟病而死，我們連他最後一面也見不到。

自此，我們的家便四分五裂了。

「媽媽每天都致電我好幾次，問我聯絡上你沒有。她一直很關心你。短片事件發生後，她更跟我說她很內疚。她覺得她和爸爸之間的事，對你有很大的負面影響。」

「現在說什麼都沒用。爸爸已死了。若她當時忍一忍，不把事情搞大，爸爸……或許不會這樣死去。」哥哥咬牙切齒地道。

「哥，有些事，你根本不知道。媽媽當年報警，並非純粹為自己，她是擔心爸爸發起狂來，會控制不了自己，傷害我們。」我按捺不住，把真相告訴他。

他沉默了。

「哥，你是成年人，有能力照顧自己，但如果……如果你有任何需要，我們隨時歡迎你回來。哥，我們只想你生活得開心。」

他聽了，抿嘴一笑，道：「知道了。現在已經很晚，你早點回家去，免得嫲嫲掛心。」

「你可以抽點時間回家見見她嗎？」

「我會的，就下星期吧！我會致電你！」

哥哥的背影在樓梯轉角處消失了。

故事源起

二十歲少女在土瓜灣街頭，因懷疑男友帶其他女子回家，當眾質問跪在地上的男友，更扯他頭髮及掌摑他共十四巴，男友不斷嚎哭呼冤。二人爭執期間，引來途人圍觀，有途人拍下短片上載互聯網，被極速瘋傳，引起城中熱烈討論，給女子冠名「十四巴港女」。更有網民發起「人肉搜尋」，卻誤認一名遊客為該名女子，對事主造成滋擾。

警方其後拘捕女子，後獲控方同意不提證供起訴，改以簽保守行為方式處理。

《頭條日報》二〇一三年十月二十五日要聞版

附錄　與君比漫談創作

作家君比於二〇二〇年因病逝世，她的作品扣人心弦，其中的悲歡離合往往能在讀者的內心留下深刻印象。本書第一篇故事〈希望的曙光〉是君比的遺作，為了讓讀者更深入了解君比，本書特意從《想當作家不是夢——22位兒童文學作家的故事》一書中輯錄出君比的訪問，讓讀者了解君比當上作家的過程及經歷，從中得到啟發。

* * * * * * *

君比：擅長以現實生活為寫作題材的作家（節錄）

在香港的兒童文學作家中，君比是一個比較獨特的作家。因為其他作家的作品都是建基於藝術的真實上的虛構故事，但君比的故事絕大部分來自生活的真實。她通過實地採訪資料，然後把這些現實中發生的事情以文學的手法呈現出來。可以說，她是一位擅長以現實生活為寫作題材的兒童文學作家。

正式寫兒童文學開始於大兒子三歲時

君比告訴我，她開始創作，是始於一九八八年她回母校德蘭中學任教的第一年。因為她喜歡和學生聊天，學生也喜歡向她傾訴心事，學校發生的事情也多姿多彩，她覺得有好多創作靈感，於是動筆把這些寫下來，當中包括散文和故事，作品主要刊在《明報》的「Miss絮語」專欄中。

兒子三歲時，有一天晚上，他聽完君比講的故事後覺得不滿足，突然說：「媽咪，你自己作一個故事給我聽吧！」對兒子有求必應的君比，於是和兒子一起望着窗外的星空，編了一個關於星星的故事——《掉進海裡的星星》。從此之後，每一晚，她都坐在床前給兒子編故事。那些講完後覺得滿意的便記錄下來，不滿意的就丟開。就這樣，君比嘗試撰寫童話。

二○○四年，君比在報紙上看到一篇關於一個十一歲女孩獲小童群益會「奮進兒童獎勵計劃」獎的專訪，心裏十分感動，於是萌發了想採訪這個女孩的念頭。在社工的幫助下，她採訪了這個小女孩及其家人，寫成了《韋晴的眼睛》這個故事。也由此，她開始了兒童小說的創作。

創作的靈感和題材來自多方面

談到創作的靈感和題材，君比笑著說：「有很多，不同的時期有不同的靈感和題材來源。當教師時，學生、同事、校長都曾被我寫進作品裏，他們的個性或所做過的一些事，都在我的小說或散文中出現過，當然是經過藝術加工的。

「孩子出生後，給了我很多靈感。隨着他們的成長，我就創作不同年齡層的故事。例如大兒子三歲時，我寫童話《送你一片秋天的葉子》，主角是一對幼稚園一年級的小朋友；大兒子五歲，小兒子一歲時，因為兄弟之間的爭鬥，我寫了《惡魔弟弟和天使叔叔》；到了大兒子九歲，我就鼓勵他寫小說，並且和他合作寫了兩本書。

「另外，我也會到不同的機構採訪，例如荷蘭宿舍、香港小童群益會、學校和協青社等。這些不同的人都給了我靈感和題材。

「觀塘荷蘭宿舍住的全是男生，年齡是十一至十八歲。有好多是孤兒或是家裏無法照顧而送到這裏的。我第一次前去訪問是二〇〇四年。當日約定的訪問時間是晚上六時，計劃採訪兩個小時，想不到他們都爭着說自己的故事，結果，一直談到晚上十一時。以前他們從不講自己入住宿舍的原因，那天他們逐個說，才知道有很多人入住的原因都是相同的。這時，他們相互間的了解才多些。

「我當時的感覺是震撼！因為我以前從未接觸過家庭這麼複雜的少年。雖然是第一次見面，但他們很信任我，真心地分享他們的故事，並且希望我把他們的故事寫進我的作品中。於是我便把這些故事寫進《叛逆歲月》系列中。」

遇到瓶頸時放下筆去做自己平時喜歡做的事

君比的作品大致分為幾大類，其中一類是寫給孩子看的童話故事，一類是採訪各種少年兒童寫的兒童小說。為了增強作品的感染力，君比會利用如下的方法來捉摸兒童心理：每天在家觀察孩子；和少年兒童談話時，嘗試從他們的角度去想問題，看問題；閱讀輔導理論書籍；回想自己小時候不同階段時的心理活動。她說，這些都可以令她代入角色中。

寫作過程中如果遇到瓶頸，她會暫時放下筆去做自己平時喜歡做的事，例如入兒子房間和兒子談天，或是看看書，或是做些其他事情，讓自己的大腦休息一下，然後再坐回桌前去寫，靈感很快便又回來了。

好的兒童文學作品應該是一盞明燈

君比很推崇阿濃和何紫這兩位前輩作家，認為他們的兒童文學作品都是上乘的。從他們的作品中，她學懂了關顧兒童，以善心去寫他們的故事，並在故事中帶出正面的信息。

君比也很喜歡安徒生和格林兄弟的童話作品，她認為安徒生的童話都是經典，每一個故事都是最好的兒童讀物。另外，她特別喜歡王爾德的《快樂王子》，因為它帶領小讀者留意到身邊的事或社會問題，以及教導孩子要有一顆悲天憫人的心。君比強調：做人一定要有這種心。

最後，她總結說：「好的兒童文學作品應該是一盞明燈，為孩子照亮前路。作家本着良心去創作，不應只為書本收入帶來的收益，而應想着用心去寫有意義的題材，為有需要的兒童發聲，讓人們知道他們的所思所想，所面對的困惑。」

不同階段受不同作家的影響

談到對自己影響最大的作家，君比說有很多，不同階段有不同的作家。初中時，最受日本作家三浦綾子的影響，三浦綾子的《綿羊山》中有一句話對君比影響巨大——「愛一個人就要令對方有所成就。」君比說：「這句話令我日後無論寫作什麼故事都會緊緊的記着。」

高中時，則受鍾曉陽的影響。她看了鍾曉陽十七歲時寫的《停車暫借問》，

「我驚訝於怎麼可以年紀這麼小就寫出這樣有文采的作品，於是封她為偶像，並因此而去參加何達老師的寫作班。可以說是她引發了我的寫作興趣，她對我來說是一個寫作導師。

「當教師時，最受阿濃和何紫影響。他們都是教師，對少年兒童很有愛心，他們的讀者都是學生。我寫校園小說和散文時，看過他們很多作品作為參考。他們也是我寫作上的導師。」

近一半的圖書獲獎

君比自1993年出版第一本著作以來，至今出版的作品有超過一百本，曾獲得超過四十個獎項，並且十多次被學生選為「我最喜愛的作家」。

談到獲獎的感受，君比笑著説：「當然是很開心的。最激動的一次是二〇〇七年書叢榜頒獎禮上。那一年，我先獲得教育城的『十本好讀』兩個書獎和作家獎，接着獲得屯門區兒童及青少年好書選舉的書獎和作家獎。想不到在書叢榜上，我除了獲得書獎外，還有『我最喜愛的作家獎』，因為大會事前沒有告訴我。我上台領這個獎時，憶起頒獎嘉賓司徒華先生早前談他童年看書的往事，再想起我外公給我說《兒童樂園》故事，我忽然在台上哭起來，幾乎不能止淚。

「獎項告訴我，我要感恩。天主給我寫作能力，帶領我去寫那麼多兒童及青少年故事，幫助他們建立正確的人生觀，學懂關愛別人。我有讀者支持，也得到評委的厚愛，這是恩寵，我會珍惜，並加倍努力。

「我曾十多次被學生選為『我最喜愛的作家』，或許是因為我曾當過教師，又讀過相關課程，較容易明白別人的所思所想，讀者覺得寫出他們的心事、困惑和無奈。我的書，名校學生喜歡，平民學校的學生也喜歡。有的讀者叫我做『君比媽媽』呢！」

確實，我很真切地感受到，君比在寫這些兒童小說時掏出了她的真心。訪談過程中，她在講述這些少年兒童的不幸遭遇時，曾多次忍不住哽咽落淚。她希望自己當個有社會良心的作家，去關心這些特別需要別人關愛的少年兒童。

我初期寫的很多小說都是虛構的

回應讀者關於她的作品多是寫實的提問，君比解釋說：「其實，我初期寫的很多小說都是虛構的，後來覺得寫學生故事更有意義，更動人，便根據學生對我的分享去寫小說。辭去日校的教職後，我轉教夜校中學會考英文，接觸不同年紀的學生，又有不少值得寫的故事。之後有緣到訪荷蘭宿舍、聖馬可宿舍、協青社，以及採訪香港小童群益會的奮進少年及讀寫障礙學童，把他們的遭遇改寫成小說，對讀者有勵志作用。對受訪者來說，可以激發他們的鬥志，令他們知道自身的故事對他人有正面影響。而對於一般的兒童少年來說，也可令他們懂得自己的幸福和更加珍惜自己擁有的。我覺得很有意義。」

繼續寫系列小說和兒童故事

君比表示會繼續寫系列小說，包括「君比閱讀廊」——《成長路上系列》、《漫畫少女偵探》、《穿越時空》、《夜青Teen使》等。除了訪問與系列有關的人物，更會訪問她在資優教苑小說班的一些學生，寫一些有特別經歷的資優生故事。

君比悄悄告訴你：

數年前，我到一間中學主持講座。在我講到一半時，突然，台下響起手機鈴聲！同學和老師馬上「頭擰擰」，想知道究竟是誰這麼斗膽，帶着手機到禮堂聽講座。我繼續講下去，手機鈴聲停了，但兩分鐘後，同一鈴聲又再響起。這次，有兩三個老師都站了起來，開始巡行。然而，直到講座完結，我離開了，都沒有人知道斗膽者是誰。現在由我公開吧，這斗膽者是我！我並非故意開着手機，而是太烏龍，忘掉了關手機。至於是誰連續兩次致電我呢？其實是我大兒子，他剛完成校際朗誦比賽，想告訴我，他得了冠軍！

君比・閱讀廊
成長路上系列⑨
希望的曙光

作　者：君比
繪　圖：步葵
責任編輯：龐頌恩
美術設計：鄭雅玲
出　版：山邊出版社有限公司
香港英皇道499號北角工業大廈18樓
電話：（852）2138 7998
傳真：（852）2597 4003
網址：http://www.sunya.com.hk
電郵：marketing@sunya.com.hk
發　行：香港聯合書刊物流有限公司
香港新界大埔汀麗路36號中華商務印刷大廈3字樓
電話：（852）2150 2100　傳真：（852）2407 3062
電郵：info@suplogistics.com.hk
印　刷：中華商務彩色印刷有限公司
香港新界大埔汀麗路36號

二〇二〇年六月初版

ISBN: 978-962-923-486-7

18/F, North Point Industrial Building, 499 King's Road, Hong Kong
Published in Hong Kong
Printed in China

君比用心之作

《君比・閱讀廊——成長路上》系列

衝破黑暗的「摘星」少年

感謝爸媽沒有放棄我

真正的幸福

我們都是資優生

誰明星兒心

回到 10A 前

我們的演藝夢

豎琴女孩和她的「虎」爸

《君比・閱讀廊——穿越時空》系列

② 蔚藍色的心形鏈墜

① 來自異度空間的女孩

《君比‧閱讀廊——漫畫少女偵探》系列

到案發前的一刻

③ 穿越時空的插班生

② 影像背後的真相

① 漫畫裏隱藏的秘密

⑦ 幽靈火車

⑥ 決戰蜥蝪人

⑤ 神秘的13B小巴

其他系列圖書

飛躍青春系列：
Miss，別煩我！（修訂版）

香港兒童文學名家精選第二輯：
周 Sir 的鬍子

君比老師，

感謝您的文字出現在我們的青春裏！